m

阅读之前 没有真相

午夜文库

圣母

[日] 秋吉理香子 著
郑晓蕾 译

新 星 出 版 社　NEW STAR PRESS

1

睁开眼。

看了眼时钟,已经过了十点半。

睡过头了!保奈美慌忙跃起。幼儿园说最晚不能超过十点入园。闹钟怎么没响呢?

"晨会十点开始。为了让孩子生活有规律,顺利融入集体生活,请一定让孩子准时入园。休息日也要早起,不要打乱作息。"

薰从今年四月起开始上琴美幼儿园,入园手册的开头用粗体字这么写着。这还是选了上学时间比较晚的,有的幼儿园要求八点四十五分前必须入园。每晚工作到深夜、早上容易睡懒觉的保奈美为自己方便考虑,选择了这家虽然地点稍远,但上学时间较宽裕的幼儿园。

她很容易就能想象出上了年纪的园长摇动着威严如斗牛犬的两颊,发怒训话的样子。最近也确实因为迟到次数太多,总被园长提醒。骑自行车比较轻松,但薰害怕,所以只能步行。即便算计好时间出门,还是难以避免途中薰磨磨蹭蹭不肯走，或是偏要绕路的情况，总算到了幼儿园的大门前，薰有时还会不肯进去。越骂她反倒越不动，只能说好话哄着，用小零食讲条件，或是给她动画人物的小玩具……各种费脑筋想办法，可对方就是个三岁的孩子，有时还是无济于事。一个月总有那么一两次，进幼儿园时已经过十点了。

现在叫薰起床，给她换好衣服，让她吃饭——啊，这之前先得给幼儿园打个电话……她抓过枕边的手机，战战兢兢地点开通讯录——突然，动作停住了。

今天是周日。

对啊。所以才没上闹钟啊。

幼儿园休息。

保奈美攥着手机的指尖一下子脱了力。她缓缓地将疲惫的身体再一次埋进被褥中。昨天很晚才睡，但即便今天是周日，能睡到这么晚也有些出乎意料。不过，工作一多，一连几天每天都只能睡三个小时的情况之前也有。所以能睡的时候就睡，才是长时间持续工作的诀窍，这是保奈美为自己找的借口。

可没想到薰也一直睡到了这个时候。往常想在休息日睡个好觉都难，孩子会精力充沛地早早起床，大人也就没法踏实睡懒觉。昨晚直到深夜妈妈都没在身边，凌晨又不停咳嗽，咳醒了好几次，薰也没睡好吧。

保奈美看向睡在身边的薰。她的身体豪迈地露在被子外，呼呼睡得正香。保奈美不禁轻笑，她将两手伸到薰的腋下，轻轻将她拽回到被窝。薰的另一侧不见丈夫靖彦的身影。靖彦是汽车销售，周末和节假日才正是赚钱的好时候。

　　天气变冷或过于干燥时，薰就会咳个不停。目前还没发展到哮喘的程度，但医生说今后很有可能会转化为哮喘。所以，就算幼儿园那边说不要打乱作息，保奈美还是想让她睡到自然醒。

　　她在温暖的被窝里抱着薰。

　　柔弱稚嫩的身体，似乎只要圈紧双臂就会被折断。薄薄的眼皮上隐隐透出几条青色的血管。白里透红的脸颊。脸上一层细细的绒毛。微张的嘴唇间露出小小的门齿。所有这些，都令保奈美觉得可爱至极。可爱到让她心痛。

　　保奈美四十六岁。薰现在三岁。薰出生时她四十三岁。她没想到自己能在这个年纪将薰抱入怀中。

　　保奈美年轻时就患有严重的月经不调。十一岁迎来初潮，之后再次出血是一年后了。再下一次是两年后——基本是这么个周期。那时她还不知道问题的严重性，在学校里看见因痛经而愁眉苦脸的同学时她还沾沾自喜，觉得自己这么轻松挺好。

　　然而到了高中，性知识丰富了，她才发觉这或许不是什么好事，开始焦虑起来。保奈美鼓起勇气告诉了母亲，母亲陪她一起去了妇科。虽然选了有女医生看诊的医院，但上检查台这件事还是让她心怀抵触。

　　结合超声波成像诊断和验血结果，确诊为多囊卵巢综合征。本来卵巢中有许多卵细胞，通常每个月会有一个包裹着卵细胞的卵泡成熟、破裂、排卵。但患了这种病，卵巢中虽存在多个卵泡，可发育到某个阶段后却无法排卵。保奈美也看了超声波成像，卵巢区域有一排圆形物体，就像珍珠项链一样，实际上这被称为珠链状特征。

于是她开始了治疗。吃激素类药物，打针，伴着眩晕和恶心的副作用，如此也努力坚持了一段时间。可后来觉得反正不治也不会威胁生命，又怕影响考大学，就中止了治疗。上大学后去交换留学，拼命考取英语相关证书，之后又搁置了好几年。

她和靖彦从上大学时就恋爱了，拖拖拉拉好久下来，决定跟他结婚时，保奈美如实告知了自己的病情：因为一直没治好病，或许怀不上孩子。靖彦最初很吃惊，但他好像去查了资料，对她说："听说也有可能自然怀孕呢。"

话虽如此，婚后很久都没能怀孕。就算吃激素也没法顺利排卵，人工授精也不顺利。

"试试体外受精吧。越年轻成功率越高，哪怕只差一岁。"

听了医生建议，保奈美决定体外受精。她放下了心，想着这下终于能怀孕了。

但事与愿违。

多次尝试体外受精，也没能怀上孩子。

常有人说治疗不孕症是一条看不见前路的隧道，可对保奈美来说，更像深不见底的泥沼。若是隧道，就算看不见前路，至少能心怀终将走出隧道的希望。但多次重复治疗重度不孕症却一直没成功的保奈美，感觉就像潜入了没有光的地底，走啊走，却总也走不到头。

没有出口，脚下还踩不到底。只要向这泥沼中迈入一步，就只能扑哧扑哧地陷进去。尝尽了吃激素的痛苦，一直担心着"或许一辈子都没法生小孩"，而且每次接受体外受精的治疗费都要几十万日元。她好几次想，放弃吧，但又一转念，万一呢，或许下次脚下就能踩到底了。不，或许下下次——若是现在放弃，以前花的时间和金钱就全白扔了。无论如何也要怀孕……她每天都在这种痛苦的心情中度过。治疗不孕症，无论对身体、精神，还是对家里的经济，都是一种负担。

"没想到费用这么高。存不下钱，也没法买房子了。"靖彦也叹气说。

治疗一直瞒着婆婆，但可能靖彦抱怨过，婆婆开始打电话过来挖苦数落"种子虽好，地却不行啊"。

也许已经到极限了——

下次治疗就是最后一次。

如此左思右想，保奈美接受了最后一次体外受精，终于怀孕，生出了女儿。

我唯一的女儿。

只能说是奇迹。

靖彦开始帮忙做家务了，态度也温柔了。

以前只会挖苦的婆婆也一改之前的态度，过来帮忙了。靖彦是独子，所以这是她的第一个孙女。保奈美妊娠反应大时，婆婆还特意来东京，帮忙照顾打点。每次看见她圆鼓鼓的肚子，婆婆脸上就笑开了花。

治疗不孕症时夫妻和婆媳不时兵戈相见，这些矛盾却全因女儿而修复。女儿的出生，颠覆了保奈美的人生。

不孕的痛苦，艰辛的过去。

正因为如此，薰才那么宝贝。保奈美能在四十多岁得到薰，是天大的奇迹。

小小的眼睛，嘟嘟的嘴唇，蜷曲的手指，缓慢起伏的薄薄胸脯——就算拼上性命，我也一定要守护这孩子。

保奈美轻轻吻了一下薰柔软的脸颊，小心地从被子里钻出来。她给穿一身卡通睡衣的薰重新搭好被子，盖住她纤细的肩膀，又再次注视薰的睡脸许久，才终于站起身来。

她走向厨房，给T-fal电水壶里接满水，准备冲咖啡。必须通过摄取咖啡因来唤醒疲惫的身体，开始工作才行。电水壶接满水，打开电源开关，橘色小灯亮起。要是自己也能像这样，一下子切换状态该有多好，保奈美想。

水烧开了，保奈美在马克杯上放上百元店里买的塑料滤杯，垫上滤纸。虽然家里也有咖啡机，但清洗太费事，加上薰刚出生时为了给调乳器腾地方，就把咖啡机收起来了。那之后，她就耐心地用咖啡滤纸一杯杯泡咖啡喝了。

喜欢喝咖啡的靖彦也没有怨言。薰不喝奶粉之后调乳器没用了，但他也没开口说要拿出咖啡机。丈夫会帮忙做家务，要是拿出来，清洗咖啡机这件事恐怕也会成为他的工作。只要不嫌烧开水麻烦，就不必让咖啡机占据厨房空间，用滤纸反倒更轻松，这点他也认可。家人能相互理解，保奈美真的十分感激。

她把咖啡粉倒进滤纸。这是朋友从印尼买回来的，叫作Kopi Luwak，说是取自麝香猫粪便中未消化完全的咖啡豆烘焙出来的。她做梦也没想到有朝一日会心怀感激地喝从猫屁股里拉出来的东西，但真的很美味。据说是麝香猫体内的消化酶和肠内细菌让咖啡豆发酵，激发出了用普通发酵法无法创造的复杂香气和风味。

怀着女儿时——确切说，从开始治疗不孕症时，保奈美就戒掉了咖啡。女儿出生之后喂了两年母乳，这期间她也会控制咖啡因的摄入。但现在没有这些约束了，可以光明正大地从一大早就尽情地喝。总觉得不喝咖啡，一天就无法开始。咖啡因能赶走睡意，让人注意力集中。保奈美的工作需要集中注意力，所以咖啡更是必不可少。

保奈美往滤纸里倒进开水，边听着咖啡从滤纸滴落时的"滴答"声，边烤吐司。厨房吧台空间有限，就没买吐司机，而是使用微波炉的烤吐司功能。吐司片放在黑方盘里放进微波炉，按下开始键，吐司烤好前从冰箱里拿出黄油和果酱。得在计时器设置的时间快到时按下取消键，关掉微波炉，否则面包烤好时，微波炉就会大声响起音乐，吵醒薰。

周日不用送薰去幼儿园，保奈美就得一整天都陪着她。所以早上薰起床前的这段时间，是她唯一可以集中精力工作的重要时间段。

她在吐司上涂上黄油和果酱，站在厨房里鼓着腮帮子狼吞虎咽。这么说来，之前有妊娠反应时，也是这样站在厨房里，从冰箱里找到什么吃什么，保奈美想起这些很是怀念。

她吃完吐司，冲洗掉手上的面包屑，拿起马克杯走去书房。咖啡的香气随保奈美一起横穿过客厅。

掀开笔记本电脑，一年前换的笔记本电脑从睡眠模式恢复，瞬间响起细微而悦耳的启动声，然后啪的一下亮起，就像是睁眼醒来一样。

为了方便随时使用，保奈美的笔记本电脑很少关机，设置为合上机盖就睡眠，掀开马上能用的状态。今早也一样，保奈美打开电脑、输入密码后，就出现了Word文档。光标还在昨天停下的地方，马上就能开始录入。一旦关机，再次打开时就还得从文件夹里找到需要的文档，双击打开，这要花费好几秒的时间。寻找上次工作停在文档中的位置也很费时。这是保奈美的省时小技巧，家里有小孩，得在有限的时间内尽可能挤出更多的工作时间，哪怕只多一点点。

嗯，昨天翻译到哪儿了？

翻回去几行，重新读一遍。保奈美平常会零散地接一些笔译活儿。她大学毕业后在一家大型制药企业任职，这家公司委托保奈美进行国外企业发来的邮件、国际会议的报告和员工手册等日英互译工作。国外客户来访时还会拜托她去做口译，不过这种情况极少。除了制药公司的工作，她还有个用于承接翻译工作的网站。网站成本很低，但相应地几乎没有工作上门。一年的留学经验，TOEIC900分，英检一级。如今这世道，像保奈美这种水平的翻译一抓一大把。所以制药公司的工作对保奈美来说是重要的收入来源。

她喝了口咖啡，手指在触控板上滚动。

啊，对了。

昨天有个药剂的专有名词没搞懂，怎么也翻译不下去了。周六白天其实是可以问公司同事的，但下午被叫到幼儿园帮忙布置亲子庆典活动现场。收拾完回家，让薰吃完饭、洗完澡，已经九点了。之后虽下决心熬夜工作，坐在桌前却一直走神，怎么也没办法集中精力。

要等到明天，也就是周一的九点以后才能问公司同事。跳过这一处，就不懂后边句子间的关联了。没趁昨天把这个问题搞定真是后悔死。事已至此，还是尽量往下翻译吧，她这么想着，翻开了客户给她的国际会议资料原件。

翻译真是件不显眼的工作。这短短一行字，要花费一两天去确认和调查，这种情况还不少见。有的可以上网查，有的则必须去图书馆。若是换算成时薪，那比高中生在麦当劳打工还便宜。但以能照顾三岁的孩子优先考虑的话，能让你在家做的工作就这么几种，没得选。

呃，MTM 可以翻译成 Medication therapy management 吗……

保奈美打开在线词典，敲进单词。确认之后把词典的网页缩小。

——这下，之前打开的搜索引擎首页映入眼帘。保奈美的手在触控板上停住了。

"东京都蓝出市发现幼儿园儿童尸体 疑为猎奇杀人"

富有冲击力的新闻标题让她心里咯噔一下。

真是让人反感的案件。

不想看,但又想了解信息。保奈美用颤抖的手指点击了新闻标题。

十五日晨五时半前后,一位遛狗主妇发现一名男童倒在蓝出市蓝出川河岸边。
警视厅在蓝出警署内设立特别搜查本部……
父母已证实尸体身份。确认死者为四岁男童——

真惨啊。真的好可怜……
下一个瞬间,保奈美哆嗦起来。
这事并非与己无关。
她感到胸口沉重,快要不能呼吸了。
蓝出川河岸,从家步行三十分钟就能到。河水很脏,没人去那里玩,应该不会有什么目击者——
啊啊,真讨厌。
抓得到凶手吗?
要是失去了独生女,真是想都不敢想——
新闻里登的男童的名字保奈美并不认识。但案发在蓝出市,自然能想到凶手是瞄上了本市的孩子。
她急忙走回客厅,打开电视。电视音量很大,她慌忙调小。新闻频道正在报道。那个熟悉的地方挤满了记者和摄影师。
"男童尸体就被遗弃在您所看到的河岸桥边。"
记者指向河岸的草丛示意。播到另一个频道,眉头紧皱的评论员正不负责任地说:"凶手可能很熟悉这一带,或许就藏在附近。"

很熟悉这一带！就藏在附近！

保奈美强忍着不让自己叫出声来，抱紧双臂。

单从新闻中看现场就够令人难受了。无论如何，必须靠自己的双手守护女儿。

保奈美叹了口气，关上了电视。她回到书房，坐在桌前却什么都没法做。

"妈妈？"

她听见一个稚嫩的、带着哭腔的声音。

回头看，薰不知何时站在门边。头发蓬乱，睡衣扣子开了，露出肩膀。薰已经三岁了，但若是起床看不见妈妈，马上就会因不安而哭泣。她还没睡醒吧。保奈美合上电脑，马上起身安慰薰。

"对不起啊，妈妈啊，要工作。"

保奈美温柔地抱着薰，亲了亲薰的面颊。

可爱，可爱的孩子。

这个孩子，我的女儿，由我来守护。不惜任何手段。为了守护女儿，母亲将无所不能。我不会让这种事威胁到我的家。我要密切监视女儿，彻底保证她的安全。

——因为，她是我奇迹的孩子。

保奈美怀中的薰很温暖。

保奈美久久地、紧紧地抱着这个继承了自己血脉的孩子。

2

"蓝出市幼儿遇害案搜查本部"——蓝出警署大厅门口旁贴着一张纸,上面竖排印着这几个大字,被闪烁的荧光灯照亮。坂口一边看着这情景,一边从西服上衣内兜里掏出烟盒。

今早,在蓝出市发现了一具四岁男童的尸体。警方立即实施搜查,同时决定在蓝出警署设立搜查本部。到傍晚又决定增配搜查员,坂口也收到联络,便紧急赶到了蓝出警署。

蓝出市位于东京都西部,是个约有十八万人口的城市。这里离东京都中心乘电车大概四十分钟,上班上学都很方便,作为环中心住宅区很受欢迎。蓝出市有许多时尚商品房和公寓在售,也有大型购物中心,对年轻人和老人皆适宜。跟东京都中心比,这里地价更便宜,因此很多人家是独门独院,公园也很大。孩子们活泼地跑来跑去,野猫们闲庭信步。这片土地给人感觉既闲散舒适,又沉稳踏实。犯罪发生率也比东京都内低,大家都觉得这里是个安全的地区。

当然,也偶有恶性案件发生。抢劫、暴力事件、杀人、放火、强奸……但幸运的是,之前蓝出市从未发生过绑架并杀害幼儿的案件。正因为如此，今早发现尸体后，整个蓝出市都处在高度紧张的气氛中。

马上要到晚上八点了，第一次搜查会议即将开始。

坂口在烟盒底部"咚咚"地叩了两下，抽出一根烟。

"这里禁烟哦。"

身后有人搭话。

坂口回头一看，是一名身穿黑色西服套装的高挑女性。

"呃，你应该是……"

"谷崎。谷崎由加理。跟您一样，四组的。"

"哦，谷崎君啊。"

听说她以前在搜查二课，负责诈骗案。年轻貌美，反应敏捷，一课也听到许多对她的正面评价。她调到一课大概是在一年前。虽在同一部门，但她跟年纪快奔五十的坂口不是同一个年代的人，负责的案件也没有交集，因此之前几乎没说过话。

坂口指了指香烟，说："我知道。我不点火。就是叼在嘴里而已。"

"您要嚼口香糖吗？"

"处处都禁烟，真让人无处容身了。"

"时代就是这样啊，时代。"

谷崎边说边递过口香糖。坂口老老实实把烟收回到了烟盒里。

"你也是刚被叫过来的吗？"

"是。刚刚才到。"

坂口从谷崎手中接过口香糖。

"不是粒状的啊,现在还有片状口香糖吗,真少见。"

"烤肉店送的,没吃完。"

"这样啊。"

坂口剥开银纸,把口香糖放进嘴里,薄荷味马上扩散开来。

"薄荷醇。若不是口香糖而是香烟的话,我怕是要阳痿了。"

谷崎打断坏笑的坂口,说:"您这是性骚扰了啊。"

"哎呀哎呀,这么聊天也不行吗,真是处处不自由啊,如今这世道。"

"话说,您说的那个,是谣言哦。"

"咦?"

"薄荷醇会导致早泄这个说法。勃起的原因是大脑接收到性刺激而兴奋,通过脊髓传递到勃起中枢,再传达到阴茎海绵体的神经,于是发生勃起。薄荷醇有可能影响勃起中枢,使其功能低下,这似乎是这一传闻的源头。不过并没有医学根据,只是民间说法罢了。"

谷崎逻辑清晰地说完。坂口一瞬间愣住了,然后爽朗大笑。

"挺有意思啊你。"

"薄荷醇与阳痿没有直接关系,不过烟草确实会导致阳痿呢。"

"原来如此,所以才说抽烟有百害而无一利吧。"

"嗯，特别是坂口警官您，好像一天要抽好几盒吧？"

"差不多。"

"那么，您感觉如何呢？"

"什么感觉如何？"

"坂口警官您阳痿吗？切身感受到抽烟的影响了吗？我听说您太太跑了，是因为这个吗？"

坂口哑然，双颊灼热。

"混……混账！你他妈说什么呢！"

谷崎莞尔一笑。

"我说了，性骚扰很让人讨厌吧？咱们还是快点儿进去吧。"

坂口呆呆地望着把前辈晾在原地、飒爽走进大厅的谷崎的背影。之后苦笑一声，挠了挠花白的头发，抬脚跟在她身后。

刑警们在搜查本部汇聚一堂，第一次搜查会议开始。大厅里人头攒动，有区域刑警，也有搜查一课的刑警。

"咳，嗯，接下来先由我来说明一下案件概要。"

搜查一课的里田系长[①]站在大厅前方的屏幕前，手握麦克风。

"男童名叫矢口由纪夫。四岁。是矢口正敏与其妻矢口晃代的长子，在蓝出市立白兔幼儿园中班上学。尸体在蓝出川

---

① 日本职位之一，一般在课长之下，日本警署内与副警部相当。

沿岸、蓝出川桥边被人发现。该区域鲜少有人往来。尸体躺在草丛中，上面盖着瓦楞纸箱。十五日，即今日清晨五点半左右，因遛狗时狗叫，主人觉得可疑，便挪开了路边的纸箱，才发现铺在地上的瓦楞纸板上有一具尸体。

"昨天下午五点左右，男童随母亲到市内的超市购物，据说母亲去收银台结账时，一眼没看到就不见孩子人影了。事发是在太阳超市蓝出市分店，这是一家关东地区很常见的连锁超市。离由纪夫家步行十几分钟。超市共两层，地下一层是停车场。

"母亲和店员找遍了店内、后院和停车场后无果，便拨打一一〇报警。蓝出警署根据当时由纪夫的穿着和外貌特征进行了搜索，但没有找到。嗯，负责调查太阳超市的是……"

一名坐在大厅中央的刑警站起身来。

"我们对太阳超市的店员和顾客进行了问询，那个时间段，店内还有其他同龄的孩子，但没有获得相关目击证词，无法断定由纪夫是何时不见的。

"店内监控拍摄到由纪夫是下午四点三十二分和母亲一起进店，之后五点零三分经过收银台，朝正门出口走，然后独自从正门出去了。监控也拍到了母子俩在店内购物时的景象，但附近没发现可疑人员。可以判断他是自愿出门，然后才被某人带走，这点应该没错。母亲追出去时，大概是在由纪夫离店三分钟后，也就是在五点零六分。"

"是说那时孩子就已经不见了吗？"

"是的。"

只是两三分钟的事,母亲该多后悔啊,坂口这么一想,苦涩的感觉便涌上胸口。

"超市外有监控摄像头吗?"里田问。

"没有。男童从出门到消失,间隔时间极短,推测被人开车带走的可能性很大。"

"超市附近的监控如何?"

一名年轻刑警站起来说:"以超市为中心,半径五公里内有两家便利店,三处自助停车场,目前我们正在向这几处的负责人请求调取监控录像。此外我们还在寻找安装了监控摄像头的住户。"

"下面介绍一下受害者的情况。麻烦鉴识课。"

鉴识课的男子站起身。

屏幕上投影出照片,大厅里顿时鸦雀无声。

照片中是一具全裸的尸体。幼小单薄的身体,仰面躺在瓦楞纸板上。双目紧闭,全身苍白,毫无血色,看上去就像睡着了一样——然而,下半身有些许异样之感。生殖器部位有鲜红的印迹。片刻之后坂口才意识到,本该在那儿的性器官不见了。

"请说明一下吧。"里田催促道,鉴识课刑警开口。

"嗯,正如大家所看到的,尸体的性器官被切掉了。凶器类型还在分析中,但从伤痕推测,应是极其锋利的刀具。此外,肛门黏膜有擦伤,无生活反应[①],法医判断死后曾受到性

[①]生活反应是指机体在生前,即机体的循环和呼吸机能存在时受到刺激后发生的反应。

侵。肛门内及体内未检出体液类物质，但检出了甘油、丙二醇等有润滑作用的物质，由此看来，凶手实施性侵时很有可能使用了避孕套。"

真是令人恶心的案件。坂口朝旁边座位扫了一眼，发现谷崎紧抿双唇，正直直地盯着画面。

"推定死亡时间为傍晚七点到八点，死因为颈椎压迫。从无生活反应这点来看，应该是死后对尸体实施了破坏。除性器官丢失外无其他外伤，也没有反抗的痕迹。周身没有血迹，法医推测尸体遭到破坏后，不只身体表面，连手脚的指甲缝都用刷子类的东西仔细清洗过。此外，在死者全身的皮肤上检出了一种物质，分析成分后发现是稀释过的漂白剂。"

"漂白剂？"里田皱眉反问。

"嗯。就是一般家用的氧系漂白剂。我们推测是凶手清洗尸体之后再用其进行擦拭。"

破坏尸体，清洗尸体，再用漂白剂擦拭？想象着凶手默默清洗男童尸体的画面，坂口感到脊背发凉。

"有什么线索吗？"

听到里田的询问，坂本忙摆正姿势，似乎不愿漏听。

"这个啊，没在尸体上发现体毛和纤维之类的线索。至于唾液、精液、汗水等，恐怕都被漂白剂擦掉了。尸体上只有现场周边的泥土和草。哦对，盖在尸体上面的纸板貌似是就近捡的，里边的泥土成分与周围一致。

"现场周围没有血迹，我们推测是在别处完成绞杀、损害尸体后，再运到此处的。另外没有找到被切割下来的性器官。

18

汇报完毕。"

鉴识课的男人放下麦克风坐下，大厅被凝重苦闷的气氛笼罩。

令人毛骨悚然的案件。

通常尸体上都会隐藏某种提示——凶手的毛发、体液、皮屑、服装纤维等。但这次的凶手极其小心，脱下了死者的外套和内衣，洗净其身体后还仔仔细细地用漂白剂擦拭干净，之后再抛尸。也正因如此，性器官被切下的伤痕才如此鲜明。

"目击者情况呢？"里田环视大厅，问道。

一位刑警站起身。

"我们走访了附近的住户，想看看除了作为尸体发现者的那名女性之外，是否还有其他人曾到过现场周围。但目前为止还没找到。"

"明天起搜查员人数会增加，以河流沿岸为主，扩大搜查范围。"

听了里田的话，刑警们一齐颔首领命。

"接下来是受害者父母的情况。"

里田催促着，负责调查受害者父母的刑警起身。

"死者父亲三十二岁，是江户川区某工务店的职员，该店主营住宅和店铺翻新业务。年收入四百三十万日元。母亲二十九岁，全职主妇。从孩子失踪到目前为止，未收到任何可疑的电话或信件。"

"之后我会指派人员继续调查这二人的交际圈和金钱方面是否有纠纷。特别要重点调查父亲的女性关系。彻查仇杀的可能性。话说，父母有不在场证明吗？"

近些年，只要涉及孩子的案件，最先被怀疑的就是父母。世道真的越来越无可救药了。

刚才那位刑警接着回答。

"母亲拨打一一〇报警后，让住在神奈川的妈妈过来在家等候，同时联络同一幼儿园的其他家长，分头寻找由纪夫。由于她惊慌失措，身边便一直有人陪着。父亲周六去上班了，得知孩子丢了以后马上离开公司，傍晚七点到家。然后联系了孩子母亲，出去寻找。似乎是去了公园等由纪夫常去的地点寻找。"

"一个人吗？"

"貌似是。"

"回家之前一直在公司？"

"好像还外出去拜访过客户。"

参与了例行询问的刑警们的表情都透出紧张。

不能排除凶手是父亲的可能性。

但就算要实施性侵，为什么还特意将孩子杀害呢？

动机是什么？

仿佛怀着某种执念将尸体洗得干干净净。切掉的性器官。还有利用抛尸现场周边的物品遮盖尸体。犯罪现场不留一丝线索。做得如此周全。

凶手的轮廓，难以勾勒——

"搜查刚开始，会有一段艰苦的日子，但我们一定要尽早找到凶手！听明白了吗？"

里田双手"砰"地砸在桌子上给大家打气,之后便结束了搜查会议。或许是因为紧张,他也面色苍白。

　　搜查本部成立还不到一天,能搜集到的信息也就这么多。但是……一种无法言喻的不安萦绕在坂口胸口。

　　这个案子肯定会成为大案。

　　普通的方法行不通。凶手可能会继续犯罪——

　　多年的经验让坂口有这样的预感。

　　马上就要入冬了,可他还是真切地感觉到有冷汗从后背滑落。

3

蓝出第一高中的剑道场中传来竹刀相互击打的声音,在场外都能听到洪亮有气势的口号声,以及脚踩在地板上的声音。

顾问老师周日不来,基本就是自主练习,由高年级学生来指导低年级学生。所以不允许迟到。特别是一个月后有大赛预选赛,为此要集中特训。真琴匆忙穿过校园,走向剑道场旁的社团教室,穿上胴甲[①]。刚抱着全套护具迈进剑道场,就听见了怒吼声。

"真琴!你迟到了吧!"

读高二的主将绵贯大吼,竹刀差点儿刺进天花板。这人嗓门大,个子高,最擅长的是上段打面[②]。因为总穿鲜红色的胴甲,便被人称为"平成的赤胴铃之助"。

"对不起。"

真琴找了个空位开始热身,留意不打扰到正在进行击打

[①]剑道的护具由四部分组成,从上至下分别为:面(MEN),保护头、喉、肩;胴(DOU),保护胸部、腹部;甲手(KOTE),保护手背、拳头;垂(TARE),保护下身。
[②]剑道中,用竹刀由上向下击打守方正面。上段指开局时把剑高举过头的起势。

练习的其他社员。上初中后，真琴加入了剑道部，但并不是因为感兴趣才加入的。比起文化类社团，确实更想进运动类社团，但真琴不喜欢球类，田径社团又太不起眼，这么一来选项就只剩柔道、剑道和舞蹈了。舞蹈最先被排除。柔道要跟别人有身体接触，不喜欢，划掉。于是就只剩下剑道部了。

初中时真琴曾有一段时间退社，不过高中又重新加入，就这样一直开心地练习到现在。或许原本就很有天赋，二段合格了，真琴想着有机会就挑战三段好了。

正热身时，绵贯咚咚咚地走过来了。

"干吗呢你，真琴你也得去指导学弟学妹啊。本来高三的学生退社后人手就不够。"

"都说了知道了。刚才去打工了。"

高三的学生在校际比赛之后——预赛失败后——就退役了。然后高二的绵贯成了新主将，真琴是副主将。但说实话，真琴觉得自己不是当副主将的料。只是剑道部原本部员就不多，这次轮到了自己头上罢了。真琴对社团活动没什么热情，也没有拉着部员参加校际比赛、进入全国三甲之类的梦想。只是无端觉得既有个人竞技又有团体竞技的剑道很有意思，还有集中精神、一心一念去攻击的战斗方式很符合自己的性子，才这么有一搭没一搭地练到现在而已。

"热身结束后就去当元立[①]啊。"

"了解。"

[①]元立，也就是陪练，在剑道练习中受方与攻方都是一种练习。

绵贯离开了。

真琴完成挥剑一百次，穿上胴甲，把叫作"面下"的手巾缠在头上，再戴上甲手。作为对手的后辈们还不能很好地控制竹刀，经常打不准，常会打到手腕和肩膀等没有护具的地方。拜他们所赐，真琴手腕和肩膀上的瘀青就没退过。

"都听着啊，别吊儿郎当的，赶快给我打过来。"

真琴向结对练习的后辈挑衅道。对方的斗志被激发，不停地打面过来。

"太轻！再用力！"

冲击练习中，元立不用一味被打，也可以打回去；但在打入练习中，元立只能被打。不过被打的次数多了，就能冷静地观察出对方的缺点。被真琴指出应该注意的地方后，下次练习时对方总会稍有进步。再进行指导，对方就会变得更好。如此磨炼后辈的剑技，助其进步，真琴还是很开心的。所以真琴还是很喜欢充当元立这个角色的。

最后全员正坐冥想，行礼后结束练习。练习结束后，各年级轮班用抹布将剑道场擦干净。今天轮到高二的学生。真琴让高一的学生先走，然后从仓库拿来桶和抹布，走向剑道场外的洗手池。

晚秋凉风瑟瑟，护具下被汗水打湿的身体被凉风一吹，很舒服。对于剑道练习者来说，最严苛的是夏天的训练。无论多热也不能取下护具，因此面、甲手和胴甲都很臭，甚至会发霉。冬天也有冬天的痛苦，光脚走在剑道馆的地板上，凉得像踩在冰上。但活动开以后身体就渐渐暖和起来了。所以对真琴来说，寒冷时期更适合训练。

真琴浸湿抹布，桶里装满水，走回剑道场。几名高二学生纷纷拿起抹布，迅速弯下腰跑起来擦地。

"哦，真琴，谢啦！"绵贯也接过抹布，"今天挺累的吧，打扫完冲个澡就赶紧回家吧。"

"啊，可是今天得去剑道俱乐部。"

"这样啊，接下来要去市民馆吗？"

"嗯。"

绵贯和真琴并排"嗒嗒嗒嗒"地跑着擦地。

"不过你去得够勤的啊，是志愿者吗？"

"肯定不能收钱啊，我这水平才二段。不过出差的话费用倒是可以报销。"

剑道场面积很大，划出两块练习场。弯腰擦地正好可以锻炼腿部和腰部。

"我可不行。上学加补习班加社团活动，排得满满当当的，本人可没精力再干别的了。"

"是吗？我觉得你可以试试，挺开心的。"

"啊，因为真琴你喜欢小孩啊。"

"嗯。只要混熟了，都很可爱。"

"小学生太吵闹了。我挺发怵的。"

"还有幼儿园的小不点儿呢。"

"啊，真的？可是啊，再怎么说，这么小的孩子练剑道也太早了。"

"说是以增强体力为主要目的。当然，最初连蹲踞①都做不好。但都很努力地挥剑呢。虽然姿势一团糟吧。"

真琴觉得好笑，笑出了声，绵贯惊呆般地说："啊，听起来好像可爱得不得了呢。"

擦完地板，两人都站起身。

"那我去那边了。抱歉，时间紧张，这个你帮忙洗一下。"

真琴把洗抹布的工作托付给绵贯后，回到社团教室换好衣服，背着全套护具离开了学校。到市民馆步行大概十五分钟。真琴的护具袋是有轮子的款式，出远门时比较方便，但像这么短的距离就背着走了，权当训练。

"那个，不好意思。"

刚从校门出来就被人叫住了。虽然刚过四点，但深秋昼短夜长，再加上今天有点阴天，天色已经暗了。借着门灯，真琴发现对方穿的不是蓝出第一高校的校服。真琴又飞快地扫了那人一眼，貌似是很受欢迎的类型。

"干吗？"

"那个，总在公交车里看见你……啊，我是七海高校的，那个，嗯……"

对方满面通红，摆弄着校服下摆。

"所以呢？干吗啊？能马上说完吗？还是要花时间？哪个？"

真琴倒不是故意严厉，只是单纯地在想，如果话不多就

---

① 剑道的准备姿势，蹲踞时，如果比上位者先起立是失礼。

背着护具，如果要时间比较久就把护具放到地上听而已。但对方似乎受到了伤害，表情都变了。

"对、对不起，那个，所以……我、我很欣赏你，那个，我、喜欢你。"

脸更红了，前言不搭后语，眼中还浮出薄薄的泪花。啊啊，所以我才觉得女人真是麻烦。真琴在心中咂嘴。真琴长得很标致，至今为止，不光同校的学生，还有许多其他学校的学生如此这般来表达爱意。每次拒绝对方，或是被对方怨恨，都让真琴觉得十分麻烦。

"喂，我们没说过话吧。"

"啊，那个，可是，我就觉得你很好……"

真琴只是叹了口气，没回答。

"那个，可以的话，我们能不能从朋友做起？这是我的邮件地址和Line账号。等你联系。"

对方的眼睛还有些湿，递过来一个女生很喜欢的那种信封，满怀期待地盯着真琴。

"我不要。"真琴马上答道，把信封推回去。

"……啊？"

"我肯定不会联系你的。所以不要。"

"啊，可是……"

"我没兴趣，对你。"

真琴快步离开，从背后的气息可以感觉到对方依旧恋恋不舍地望向这边。烦死了。连话都没说过，怎么就能说出喜欢我呢？傻不傻啊。

每次被告白，真琴都会觉得很扫兴。有人批评真琴说这样很过分、很冷酷。朋友还说："可以慢慢互相了解嘛。总之先跟对方相处一下不好吗？"但真琴觉得那么做才过分。如果了解之后觉得无法喜欢上对方又该怎么办？让对方燃起希望，之后又提分手，这么做才更冷酷不是吗？而且本来真琴就不喜欢与人接触，一想到要与人接触就觉得毛骨悚然。

根本没人了解真琴的内心。

真琴把护具袋换到另一边肩膀上，继续埋头沿着已经昏暗的道路朝市民馆走去。

"啊，老师来了！"

刚在市民馆露面，一群像模像样穿着小号胴甲的孩子就聚过来了。

蓝出市市民馆虽然已经有些旧了，但具备的功能却不少。有可以练习剑道、舞蹈、少林拳等的多功能厅，有可以练习柔道和合气道的榻榻米房间，还有可以练习合唱和管乐的音乐教室。费用便宜，所以每天都有课程班。

少儿剑道俱乐部每周周日和周三的下午四点半到六点半借用多功能厅。训练时间基本为两小时，但幼儿园和小学低年级的孩子也可以早回去。

参加剑道部的孩子很少，十人左右。让孩子来参加少儿剑道俱乐部的家长们大致有两类，一类是想让孩子全心投入训练，最终可以去参加大赛；另一类比起学习剑道更想让孩子交朋友，想让孩子学习日本武道特有的礼节。两类家长大概各占一半。前一类由剑道六段、之前曾做过体育老师的桥本任教，而真琴负责教后一类。

真琴很少对孩子们发火。若是有小孩子做了危险的事，真琴会严厉地提醒，但因为没有压力，不必以考段为目的去培养训练，所以也不会过于勉强孩子，而是尽量让孩子们心情愉快地上课。所以真琴很受孩子们喜爱。用孩子们的话说，桥本是"可怕的老师"，真琴是"温柔的老师"。

真琴换好衣服进入训练场，孩子们再次聚拢过来。

"安静！开始喽！"

桥本一喝，全员端坐行礼，训练开始。真琴单手水平举着竹刀，让小不点儿剑士们往竹刀上打。最初几十分钟大家都一脸认真，但毕竟还是孩子，没多久就腻了，注意力也不集中了。一到这时，真琴会马上让大家休息。注意力不集中的情况下继续练习只会导致受伤，更重要的是，如果因此让孩子们讨厌剑道，就没什么意义了。

"好了，接下来休息十分钟吧。大家喝点水，补充水分。"

桥本老师带的那组羡慕地斜眼看着开始休息的真琴组，被桥本发现后，又把他们训斥了一通。桥本是十五年前从体育老师这一职位退休的，但老当益壮，热血教师说的就是他了。他晃着一头白发，张开大嘴怒吼，像是在显摆自己嘴里没有一颗假牙。出错时就毫不留情地用竹刀打孩子的屁股。即便如此，孩子们就算抹眼泪也会听从桥本的指导，说明他还是有一套的。真琴把目光转回到自己这组。他们并排靠墙坐着，悠闲地喝着水壶里的运动饮料。

唉，这样也没什么不好啊，真琴微笑。

咦？

看着排排坐的孩子们，真琴心下疑惑。

"那个，今天哲也请假了吗？"

过这么久才发现少了一个人。哲也是一名上小学五年级的男生。

"哲也君吗？嗯，他说今天不来啦！"

小学一年级的千夏回答。他跟哲也上同一所学校。

"好像是说要去给他妈妈帮忙。"

"咦？帮忙？"

"嗯，就是，今天早晨啊，不是有个幼儿园的男生被杀了吗？"

在响彻口号声的道场中，这个话题突兀得令人心中一震。但或许是因为千夏还太小，没能理解事态的严重性，只听她表情没什么变化地继续说道："他说那个男生的妈妈跟他妈妈认识。那家出事了，就去帮忙啦。"

"这样啊……被害的那个孩子跟哲也是熟人啊……"

真琴皱着眉，一脸沉痛的表情。

"嗯。好像啊，还来这里看过哲也的剑道比赛呢。那个，好像是叫由纪夫。"

"是吗……这么说也许还见过呢。"

真琴看向其他孩子。两人上幼儿园，两人上小学低年级，都在天真地摆弄着画有动漫角色的水壶。他们还不能理解绑架杀人犯就在身边的那种恐惧吧。

"大家也一定要小心啊。听见了吗?"

真琴说完,孩子们漫不经心地答应道:"是——"

"可是啊,听说那个男生很凶呢。"千夏继续说。

"嗯?"

"就是那个被杀死的孩子,他经常打女生呢。"

"要说打人,千夏你不是也打过吗。"坐在旁边的力也拆台道。

"可是,说有女生被他从楼梯上推下来摔骨折啦。还有的被他推到水池里,差点儿死了呢。"

"啊!是吗?那他该死——"

"喂喂,不能这么说。"真琴提醒道,"千夏也不要再说这些了。知道吗?"

"好。"

真琴不经意地看向挂钟,十分钟休息时间已过。

"好了,再继续加油吧。"

真琴拍拍手,孩子们马上站起来。

看着手握竹刀、摆出各种姿势的孩子们,真琴想,就算这么提醒,孩子终究是孩子,破绽百出。而父母们虽害怕发生这种事,但心中的某处也会觉得"不会轮到我家孩子头上"。这就会让人钻空子。若不是这样,就不会出现受害者。

真琴边让孩子们挥剑,边出神地想着那个名叫出纪夫的可怜男孩。

少儿剑道俱乐部的义工结束要回家时,已经快八点了。

特别是今天把上小学高年级的兄弟二人春久和斗真送回了家,所以回家更晚了。

"啊——跟老师一起回去吗,真好哇!"

"不公平——"

大家嘴里这么说着,纷纷被家长牵着手回家了。送两兄弟回家的路上没再遇见其他孩子。街上寂静无声,看似连大人都减少了外出。可能是心理作用,真琴觉得就连总有人站着看书的便利店里人也少了。大家比想象中的还要警惕。毕竟这个镇上孩子很多,也可以理解。但这两兄弟的母亲却让他们自己回去。就算是高年级男生,此时天完全黑了,难道她不觉得危险吗?有担心过度的家长,也有毫不设防的家长。

到了小区,真琴与春久和斗真一起乘上电梯。突然,一个骑三轮车的男孩子和一个貌似是他妹妹的女孩子,赶在电梯门刚要关上时往电梯里钻。

"危险啊。"

真琴慌忙按下开门的按钮。看上去这对兄妹都在上幼儿园,男孩子就那么骑着三轮车进了电梯,女孩子也跟进来。

"就你们两个人出去玩了吗?不危险吗?"

看他们都安全进来后,真琴才松开按钮,电梯门缓缓关上了。

"还好啦。我们就在小区的院子里玩一下。"

男孩一边冷淡地回答,一边按下五楼的按键。电梯咯噔地颠了一下,开始上升。

"疼。"

斗真扭动了一下身子。真琴看过去，发现男孩骑着的黄色三轮车的前轮，狠狠地轧在斗真的脚上。

"喂，很疼啊！"

真琴拦住了想用另一只脚踹过去的斗真。

"可以把车轮挪开吗？"真琴提醒道。可男孩子装作没听见。

"哥哥……"

女孩子拍他的肩膀，男孩子却把她的手挣掉，说了句"烦死了"。女孩子哭了。

叮，老式电梯铃声响起，电梯停在了五层。男孩子若无其事地骑着三轮车倒车进了楼道。前轮滚过去后，斗真才把脚撤了出来。可这次，后轮又从春久的脚上碾过去。明显是故意的。女孩子边哭边跟着男孩子下了电梯。

"喂，道歉！"真琴怒吼道。

可电梯门就这么关上了，接着继续上升。

"没事吧？"

"嗯，没事。"

"可是太气人了。"

兄弟俩噘着嘴。

电梯到了兄弟俩住的六楼。走上露天楼道时，斗真叫道："啊，鞋子脏了。"新运动鞋上全是泥。

"啊，真的……这是生日时妈妈给我买的。"哥哥也垂头丧气地说。

他们是单亲家庭，虽然还只是小学生，但真琴能感觉到他们一直护着母亲。

真琴蹲下，用手擦拭鞋子上的泥土。

"真遗憾啊。但估计洗洗就能洗掉的。"

"嗯……"

斗真还是满脸的不开心。

"饶了他吧，啊？"

真琴盯着斗真的脸，又摸了摸他的小脑袋，斗真才终于"嗯"了一声，脸上阴转晴了。

按下两兄弟家的门铃，妈妈出来了。

"哎呀。"

看见真琴站在门口，母亲很吃惊，脸都红了。

"真是的，我这副打扮就出来了。"她看着自己的一身运动服，惶恐地说，"谢谢您送他们俩回来，真是太感谢了。那个，如果您方便的话，就一起吃晚饭吧？虽然没什么好菜。"

"您别在意。发生了那种事，我只是觉得他们两人单独回家有些危险才送他们的。"

"那下次您一定来家里坐坐。我们家的两个孩子十分仰慕您呢，总是提起老师您的事。说您很帅。"

母亲的絮絮叨叨总算告一段落，真琴告辞后，离开两兄弟的家。确认玄关的门关好了，才从两兄弟家所在的六楼走楼梯下去。一层大概有十来户人家，真琴从楼道一头慢慢往另一头走。有小孩的家庭貌似挺多，好几户的玄关前放着滑板车、三轮车或玩沙子的玩具等。真琴一户户地确认，大概到了第八家，发现了那辆眼熟的三轮车。

黄色的三轮车。

真琴在这家门前驻足,侧耳倾听。隐约听到了男孩和女孩的声音。女孩子好像还在哭。

真琴确认了一下三轮车身上用马克笔写的名字。

三本木聪。

真琴望向楼道的天花板。没有监控摄像头。

"原来如此啊。"

真琴兀自点头。

突然,某个房间的门开了。一个女人两手拎着大口袋走出来,或许是要去扔垃圾。

"晚上好。"

真琴微笑着点头问好,女人也很自然地回礼,然后直接去坐电梯了。谁也不会对穿着校服的真琴起疑心。

在小区里转了一圈后,真琴很满意地踏上了回家的归程。这片地区零星有几处住宅楼和公寓。真琴走进了其中一栋较新的住宅楼。

"我回来了!"

刚推开自家门,就见母亲穿着拖鞋,从里边啪嗒啪嗒地走出来。

"回来啦,真琴。今天周日呢,累坏了吧。晚饭还没吃呢吧?"

"嗯。"

"我马上去热饭。"

真琴把护具放在玄关,脱下鞋子。放鞋的地方摆着一双大皮鞋。

"爸爸已经回来了吗?"

"刚刚回来的,你们一起吃吧?"

"好啊。"

真琴先回到自己的房间,脱下校服。身上微微有些汗味,想先去冲个澡,但又觉得洗澡前得吃点东西垫垫肚子。真琴换好衣服来到餐厅,坐在边吃饭边看电视的爸爸面前。米饭和味噌汤已经盛好了,桌上还摆着好多菜。

"我开动了。"

真琴狼吞虎咽地吃起来。父亲边看着综艺节目发笑,边询问诸多关于学校和剑道的事。真琴也边看电视,边随口回答。

"啊,这辆车好酷,爸爸也换个车嘛。"真琴看着广告说。

"接下来还要供某人去上大学,所以换不起啦。"

"银色斯巴鲁太老气了,而且已经跑了十年了吧。"

"那还真对不住你喽。"

"还是SUV最好!"

这时妈妈端茶过来了。

"你们声音都小点啊。电视声音也太大了。"

怕声音传到隔壁,母亲用遥控器调低音量。然后直接坐在饭桌前,加入了关于汽车的话题。很平常的、全家其乐融融的场景。

综艺节目结束后是体育新闻。

"今早五点半左右,东京都蓝出市发现四岁男童尸体,该案件中——"

广播员平淡的念稿声在餐厅回响。母亲马上拿起遥控器，把电视关了。

"这种事，真让人难受得不忍看。"

母亲长长地叹了口气。

"真是的啊……"

善良的母亲和父亲都一脸悲痛。

"我吃饱了。去泡个澡。"

真琴离开餐桌，走向浴室。泡在澡盆里，训练的疲惫逐渐缓解。胳膊和肩膀上被后辈用竹刀打出的瘀青，经过几天已变成黄色。在这些伤痕之中有一处新的红色伤痕，在上臂处。

那是对方被勒紧脖子时，在反抗中狠命踢出的伤痕。

明明还是个幼儿，力气却那么大。

"真琴？"

浴室的磨砂玻璃上映出了母亲的身影。

"啊？干吗？"

"洗发液没了吧？"

"啊，不知道，我还没用呢。"

"好像没了，我把新的放在这儿了。"

"知道了。"

母亲的身影消失了。真琴从澡盆里出来，拿过新的洗发液，边哼歌边清洗头发和身体，洗了很久。从浴室出来时，餐厅的灯已经关了，家里一片安静。都睡了吧。这是普通市民的生活，单纯而规矩。

真琴留意着不吵醒别人，轻轻拉开房门进入自己的房间。从窗帘缝隙中透过一些月光，借着月光，真琴用钥匙打开书桌的抽屉。

抽屉里有个装着一小块肉片的塑料袋，为防止臭味外泄，用了两层塑封袋密封。血液已干，变成黑色，包皮丑陋地缩成一团。还有一张拍立得照片。上面是一名双目紧闭、脸上失去血色的男童。真琴戴上手套取出照片，在月光下端详。

"这样啊，名字叫由纪夫啊。"真琴小声自语。

今年夏天，他来小学生剑道大会给选手加油时，真琴就盯上了他。

"你呀，果然是个坏孩子呢。"

真琴说完，把照片收进抽屉，用钥匙把抽屉再次锁好，猛然间想起了绵贯说的话。

"'真琴喜欢小孩儿啊'，是吧……"

真琴在黑暗中轻轻钻进被窝里，独自低声笑了。

4

保奈美对着打开的笔记本电脑发呆。手头在翻译的文件后天就要交稿，即便如此，她还是翻译不下去。早饭午饭都没好好吃，一天光喝咖啡了。

她知道原因。是因为对那起案件在意得不得了。可怜的男孩子。他死得那么惨，真不应该……

为什么？为什么会发生这么可怕的事？从新闻里看到的男孩子生前的脸部特写在她脑海中挥之不去。

摆在书桌里侧，被埋在资料堆里的照片不经意间映入保奈美的眼帘。头上戴着可爱的发带，对着镜头伸出手，这是女儿一岁生日时的照片。眼泪毫无预兆地涌了出来。

能保护这笑容的只有我——

她知道，靖彦也从心底里爱着女儿，他重视女儿到可以为了女儿牺牲自己的性命。可是父亲的爱，从根本上就与母爱不同。

对母亲来说，孩子与自己一心同体。男人是在孩子出生后才成为父亲的，但从小生命来到体内的那一瞬间起，女性就成了母亲——回想起重复治疗不孕症的那段岁月，保奈美的感触愈加深刻。或许从努力想要孩子时起，女人就已经成为母亲了。

保奈美想，自己就是从敲响治疗不孕症诊室大门的那一天起成为母亲的。尽管过了这么多年，保奈美却依旧记得那些过往。

据说这家诊所是在大学医院专门治疗不孕症的医生开办的，还很新。

初诊那天，医生在诊疗前先让她看了二十分钟左右的视频，叫《关于不孕治疗》，然后抽血查血型、性病和风疹抗体。得知丈夫也陪她一起过来了，医生又指示护士让靖彦也去检查血液和精液。

"啊，我也要检查吗？为什么啊？跟我的血有关系吗？"

靖彦想要孩子，也积极地说要跟来医院，可他因为怕打针就嘀嘀咕咕地发牢骚。保奈美也讨厌抽血和打针。但医生刚说过，之后要测定激素值，每月都得抽好几次血。只做一次检查就少叽叽歪歪了，保奈美把想要发火的冲动强忍了下来。

抽完血，男性工作人员叫靖彦去检查精液。

"我昨天刚喝过酒啊。""最近一直没睡好，会不会有影响啊。"

找了一堆借口的靖彦被带去了取精室。男性在那里自慰取精，装进容器，再进行检查。大概三十分钟之后，靖彦回到了等候室。

"怎么样？"

保奈美问他，但他只是冷淡地回答："嗯？没怎样。"

也许是没取到吧。男性都很敏感，太在意检查了反而可能射精失败——正在犹豫要不要问问时，医生叫保奈美了。

一位上了年纪的男医生为她看诊，先是从阴道插入探测器，进行超声波诊断。高中以来这还是她第一次接受内诊，难免十分紧张，没想到之后医生竟然把手指伸进去触摸子宫，把她吓了一跳。医生解释说是为了确认子宫的软硬程度才进行触诊，但即便如此，手指插入的感觉还是太过鲜明。保奈美紧闭双眼，祈祷这一切快点结束。

"刚来完月经吧。难得赶到这个时间，再做个子宫输卵管造影检查吧。"

经由子宫向输卵管注入造影剂，然后拍X光片，检查子宫是否有畸形和异常，以及输卵管是否通畅。造影剂的流动能疏通轻度输卵管粘连，也算是治疗。据说输卵管阻塞的不孕症患者，做完这个检查三个月左右就能轻松受孕。

保奈美又走进宽敞的X光片室，刚躺在检查台上，器具和软管就插进了她的身体。

"我会稍微压着你一下。如果疼的话就告诉我。"

护士按住了保奈美的双臂。这时，难以想象的疼痛向下腹部袭来。保奈美感到眼前一片空白，难以呼吸。虽然喊着疼疼疼，但对方只是鼓励她"加油"，并没有停止。过了一会儿，医生对护士说："拍X光片时绝对不能动。"便走出了房门。

几度忍耐疼痛,终于拍完了片子。不知是身体对造影剂不适,还是紧张,她止不住地呕吐起来,不得不在病床上休息。

可一想到今后就可以怀孕了……筋疲力尽的身体又涌出了些许力量。

检查结果却是无情的。

"试了好几次,右侧输卵管还是无法疏通。"医生遗憾地说,在她歇息的病床边给她看X光片。

X光片中,造影剂流过的部分呈现出明显的白色。中间是子宫,原本造影剂应该延伸到子宫两侧,可她的片子上只延伸到了左边。

"很疼吧。抱歉了。"医生说。

应该是造影剂压迫不通的输卵管,才导致那么疼。虽然检查很痛苦,但能够感受到医生很和善。这就给保奈美很大的慰藉了。

"另一侧的输卵管这次虽然勉强疏通了,但很狭窄。当然也不是说完全没有机会自然妊娠,但会有些困难。总之,若是不排卵,说什么也没用,所以你先吃促排卵药,然后做B超确认卵泡是否成熟,接近排卵日时我会告诉你同房的时间,先这么试试。如果试了几个周期还是没结果,可能就要考虑输卵管疏通手术了。"

保奈美低声"嗯"了一声,就说不出其他话了。

医生继续细心地说明。

"那个啊,输卵管很重要。首先,它的作用是接住从卵巢中排出的卵子。然后让卵子与游到输卵管中的精子相遇。其次培养受精卵，将它送到子宫里。如果输卵管有问题，无论排出的卵子质量多好，也很难怀孕。"

多囊卵巢综合征，加上右侧输卵管阻塞，左侧狭窄。之前还想着若是排卵顺利，或许就能怀孕，谁知道可能还需要手术。保奈美把脸埋在医院特有的白色干净的病床上，哭出了声。医生悄悄离开病床，留下她一个人。

哭了一阵，终于不那么恶心了，再回到候诊室时，已经是两个小时之后了。

"检查了这么久啊。"

靖彦啪啦啪啦地翻着杂志，悠闲地说。

检查很疼，疼得差点儿晕过去，还吐了。两侧输卵管都有问题，看情况也许得做手术——保奈美一口气都说了。靖彦"嗯、嗯"地点头，却轻描淡写地只说了一句："不是就为了让医生给治疗才来医院的嘛。"

"话虽这么说……可是……"

"啊，对啦，我的精子啊，说没问题！"靖彦自豪地说，鼻孔都张大了，"啊，真是的，等结果的时候我真是吓得够呛啊。虽说我本来就相信自己没问题吧，可还是会紧张啊。啊，没问题太好了。"

在播放着古典音乐的候诊室里，靖彦的说话声有些响。几名男女的目光从他身上扫过。其中或许也有治疗男性不育症的患者。可比起靖彦的神经大条，保奈美更在意的是他没有对自己做子宫输卵管造影检查的痛苦给出任何反应。

"喂，刚才真的很疼……我都吐了。"

她又说了一次。刚才他可能没听明白。

"我今天也不知为什么啊，射精的时候很疼呢。或许是存太多了吧。"

靖彦一脸认真，像在说什么重大事件。保奈美哑然了。这个人，真的在听我说话吗？

"啊，可是啊，有个有趣的事，就是外国片。"

"嗯？"

"就是成人片啊。在取精室里放。啊，难道你不知道？屋里啊有电视和一张大沙发，架子上摆着一排录影带，有好多国外的黄片呢。嗨，也不知是谁好这口，吓了我一跳。不过每部片子的水准都很高哦。啊，说起来，或许治疗不孕不育的医院是唯一要专设款项购买成人影片的地方呢。"靖彦坏笑着说。

"这么无聊的事……"保奈美终于出声了，声音是颤抖的，"我受了那么多苦……"

"嗯？反正也死不了嘛。"

保奈美知道自己的脸色越来越难看。双手和面颊都失去了血色，感觉冷冰冰的。

"咦，你生气啦？"

靖彦意外地看着保奈美。

"生气……我更多的是难过。"

"对不起啊。"靖彦尴尬地道歉。虽然他语气生硬，但还是挽救了保奈美。她并不是需要对方殷切地关心，只是需要那么一点点关切，就够了。这是靖彦第一次来专科医院，或许他有点神经紧张吧。

"啊,你要是吃醋可不赖我啊。"

"哈?"

保奈美一脸不解。

靖彦马上叹了口气道:"就是啊,我知道你不喜欢我看成人片,可今天是没办法啊。"

保奈美目瞪口呆。

他完全没明白,为什么妻子会生气,为什么会难过。

嘴上说想要孩子,可对这个人来说,治疗不孕症其实事不关己——

必须做好独自与治疗战斗的心理准备,保奈美想。虽然对接下来即将开始的未知治疗感到恐惧和战栗,但她还是再次下定决心,一定要怀上孩子。对还未见面的孩子的爱让保奈美坚强。这时,保奈美已然成了母亲。

沉浸在回忆中的保奈美猛然间回过神来,慌忙看向钟表。马上就四点半了。这个时间差不多要动身去幼儿园接薰回家了。保奈美从椅子上站起来,披上外衣就走出了家门。

快五点时,幼儿园门口非常混杂。

来接孩子的家长和慢吞吞穿鞋的孩子挤成一团。

"小薰刚去厕所了。"保育员田畑看见保奈美来了,笑呵呵地说。

几个月前拜托老师训练薰去厕所尿尿。可能是不懂什么是尿意,薰从没主动说过"我要撒尿"。每次都是晨会后、午睡前后和家长接走前，定时让她坐到马桶上撒尿。多数时间薰只是呆呆地坐在那儿，少有几次成功尿了出来。遇到这种情况老师和保奈美都会好好夸她，之后成功尿出来的次数在慢慢增多。顺利的话，也许到明年春天就能摘掉纸尿裤了。

薰从儿童厕所里摇摇晃晃地走出来，从装袜子的塑料箱子里拿出自己的袜子，再从鞋柜里拿出鞋，走到了玄关。

"小薰进步很大，能做好多事了呢。"田畑眯着眼睛说。

"嗯，是呢。自己的喜好和主张都越来越清楚了。每天早上都会说喜欢这条裙子，不喜欢那条发带之类的。"

保奈美这么一说，田畑笑了。

薰一屁股坐在玄关前，拼命把袜子往脚上套。为了训练足弓，园内都让孩子们光脚。薰的短裙翻起来，露出了大腿和纸尿裤。记得来幼儿园时穿了打底裤啊，保奈美刚这么想，田畑开口了。

"啊，薰今天不小心尿裤子了，打底裤就脱了。"

"啊，这样啊。"

"嗯，我去小薰的换衣箱找了，没找到打底裤，也没有裤子。再往后天气渐渐凉了，您能多带几件衣服过来吗？"

"真是不好意思。明天我会多带几件过来的。"

薰总算穿上了袜子和鞋，站起来。露在裙子外的两腿看着凉飕飕的。

"裙子……最近还是别穿了吧。"田畑冒出这么一句。

"咦？"

"不是发生了可怕的案件吗，为防止被变态盯上，尽量还是穿裤子为好。"

"啊，确实啊。"

"我们家也是，孩子还小，所以很害怕。"

"老师家是有四岁和三岁的两个宝宝吧？"

保育员田畑也是把孩子托放到别处、外出上班的母亲。

"是。两个女孩。虽然这次受害者是男孩，但保不准下次就是女孩子了，对吧？或许那个恶心的家伙只是瞄着小孩子，无论男孩女孩都会下手。啊，真不想说了。"

似乎对自己说出的话感觉不舒服，田畑皱起眉。

"嗯，确实如您所说呢。"

薰伸出手。保奈美紧紧攥住那只小手。

"真让人坐立不安啊。竟然盯上这么小的孩子，真是怪物。一想到怪物如今就在附近，或许还在寻找下一个牺牲者，我就……"

恶心的家伙。

怪物。

女儿，恶心的怪物——

保奈美的手哆嗦着。

"总之，大家都多加注意吧。"田畑叮嘱道，之后表情又转为一派温和，道，"小薰，明天见喽。"

保奈美本想早点回家，但薰撒娇说"再玩会儿吧"，就顺道去了小区里的小公园。虽然只有沙池和滑梯，但在从幼儿园回家的路上，足够让薰玩一会儿了。这里不光有住在本小区的孩子，附近的孩子也有很多过来玩。

薰在沙池里玩沙，保奈美就在长椅上坐下。夏天接薰回家时天色尚明，但到这个季节，天色已经微暗了。公园里的灯零零星星地点亮，但也不太亮。

讨厌啊，保奈美有些不安。

就不该营造出这种容易把孩子带走的环境。

薰向沙池里的其他小孩子借来铲子和小桶，和他们一起玩耍。保奈美看着她。初次见面就能马上成为朋友，这是小孩子的优点。保奈美笑了，但笑容上很快蒙上一层阴霾。沙池更暗了。

一般公园的话，找责任单位提要求就行了，但小区附属的公园又该去找谁呢？她正出神地想着，一位身穿工作服、在垃圾桶旁收拾垃圾袋的老人映入眼帘。

"那个，不好意思。"

保奈美站起身，朝老人跑去。

"这里的灯光我觉得有点太暗了。这种情况应该向哪个部门反映——"

刚说到这儿，老人就打断了她。

"最近会有人来换灯泡的。"

"啊，这样啊……"

"是。昨天开始就有好多人投诉呢。"

原来是这样啊——

保奈美致谢后转头准备往长椅走，却停下了脚步。

薰的身影，不见了。

5

"真没想到会跟你分在一组。"坂口边走边嘀咕。

他正和谷崎走出蓝出警署。秋日晴空，朝阳炫目，天高风清，白云悠悠。

"不知道啊，您可以去问系长。啊，可能是盘算着想整整辖区的刑警呢。可惜了啊。"谷崎淡定地应道。她走路时，船鞋的鞋跟敲打着地面，发出悦耳的嗒嗒声。

昨晚的搜查会议结束后，今天起他们正式加入搜查队伍。昨天是搜查的第一天，没能收获什么显著成果。今天增配了搜查警员，再次展开地毯式搜查，以弃尸现场附近和受害者家附近为中心，挨家挨户拜访询问。

搜查本部成立后，通常会划分小组，每组包含警视厅刑警和辖区刑警各一人。可系长命令坂口和谷崎一起行动，分配的任务是去弃尸现场附近查访。

"偏偏让我赶上了。"

坂口叹了口气。

"哎呀，您不是装样子，而是真的讨厌我啊？"

"也不能说讨厌啊,只是……"

说实话,跟女人一组不好办事。仅此而已。尤其是年轻女性,更是如此。

坂口有段痛苦的回忆。那是大概八年前,在一次盗窃杀人案的调查中,他跟一位辖区的女刑警分到一组。去某公寓问询调查时,凶手正好就潜伏在那栋公寓的一个房间里。刚一开门,对方就持刀冲了过来。坂口马上躲开,趁对方还没站稳,成功地把他手上的刀打掉了,并迅速绕到对方身后,反剪双手。可刚要铐上手铐,凶手又拿出藏起来的刀,飞快地朝女刑警砍去。一系列动作就发生在一瞬间。最后二人虽制伏了无谓抵抗的凶手,但那一刀在女刑警的脸上划出了一个很大的口子。组队搜查刚开始时这位女刑警还害羞地说起自己订婚了,事发之后坂口听人说她脸上缝了十针。

倒也不是说男人划伤了脸就没事,但不会这么久都让他放不下。从那之后,碰到必须跟女性一组的情况,坂口就会非常在意。而为了不让对方发觉自己那么在意,又会把自己搞得更累。

"啊,难道因为我是女的?"像是读出了他的想法,谷崎问道。

坂口正发愁怎么回答时,谷崎大笑了起来。

"真是的,您不用那么在乎我啦。"

就算对方这么说,也没办法简单做到啊。

"坂口警官您其实是个挺认真的人吧?"

"嗯?"

"在推进工作时怎么才能不在意对方是女性,或者不让对方在意呢?怎么才能把对方当成男人对待呢……您现在满脑子考虑的都是这些吧。"

"啊,算是吧。"

"刻意。"谷崎干脆地说。

"啥?"

"我是说啊,我明明是女的,您却不愿意承认这一点,又想着是不是该让我和男人做相同的工作,这样考虑本身就太刻意了。性别差异很明显,有些事可以跨越这一差异,有些事不能。我认为,真正意义上的 Gender-free 是——"

"等、等一下!"坂口慌忙打断,"你能不能说点我能听懂的话。"

"我是说啊……"似乎对自己的发言被中途打断有所不满,谷崎哼了一声,接着说道,"你过于刻意地不把女人当女人,反倒不自然,有可能发展为性别歧视。接受这个差异,互相弥补就好了——这就是我的观点。一开始我还以为坂口警官您是个下流、好色又爱性骚扰的大叔,真没想到您这么胆小啊。"

"谷崎君,你啊你……"

不知是吃惊还是恼怒,坂口的脸直发烫。他想开口反驳,可对面前这位故作成熟、脑子快得吓人,又伶牙俐齿的后辈,却不知该说些什么。

"你……管不着!"

好不容易开了口,却冒出这么一句幼稚的话。

"哎呀，坂口警官，女性也有女性擅长的领域吧？你只要充分去利用那一部分就好了。"谷崎的语气突然沉稳下来，像是哄小孩子一般。

唉呀呀，坂口在心中叹了口气。

"调查取证时，人们都不大会对女性心怀戒心呢。"

确认过门牌后，谷崎按下了一户独门小院的门铃。这是他们所负责的区域的第一户人家。

"我不会让您后悔跟我一组的。"

谷崎的语调中充满自信。她话音刚落，对讲机中就传出了一位女性含混不清的声音。

"哪位？"

对讲机上有可视画面，坂口和谷崎的身影应该已经显示在屋内了。确实，在这种时期，比起两位男性，男女组合更不容易引起对方的戒心。

"我们是警察。方便请教您几个问题吗？"

谷崎说完，大门马上开了，一个微胖的女人走了出来。女人似乎察觉到与幼儿被杀案有关，她双肩颤抖，开口第一句就是"真是太可怕了哪"。

"昨天清晨五点半左右，在河岸边发现了一具男童尸体。您知道这件事吗？"

出示过警官证之后，谷崎一边取出笔记本和圆珠笔，一边询问道。

"是，我看到新闻了。真是恐怖。"

"前一天深夜到早晨期间，您听到什么异常的响动或说话声了吗？"

"没有。"

女人无力地摇摇头，叹了口气。

"附近有小男孩受到了那么严重的侵害，我却什么都没听到。"

"案发前后，您是否看见过可疑的人员或车辆？"

"这个啊……我家的三个孩子都在上小学，案发前没发现有什么异常，案发后我马上找学校和其他家长们商量，决定轮班在上学、放学路上，以及学校周边巡逻。但目前还没有特别的发现。不过，巡逻也才刚开始没多久……"

"案发前，有没有什么事让您觉得不对劲？"

"我也一直在想这个。不是经常能听到吗，这种命案发生之前，先是有小动物被虐杀，或是垃圾被人点燃之类的。但我想了想，这些都没有。也没听说过附近发生邻里纠纷什么的……"

"原来如此。也就是这附近并没有什么和之前不同之处？"

"我一直拼命回想这几个月发生的事，但并没有想到什么特别的。话虽如此，盯上幼童，这人肯定是个变态吧？我听说警方有份有性犯罪前科人员的名单，不能让普通市民也看看吗？"

"其他国家可能有您说的这种东西，但在日本……"

面对句句反问的女人，谷崎露出一脸歉意。她说的是《梅根法案》[①]吗，坂口想。

这是一部为预防犯罪发生而制定的法规，通过公布有性

---

①美国《梅根法案》（Megan's Law），即性侵犯者一旦被判定有罪，立即将其姓名、脸部照片、住址等所有的个人信息在网络上进行公布。

犯罪前科的危险人物的信息，让整个地区来监视犯罪者。因一位名叫梅根·坎卡的女童受害，促成美国制定该法规，因此俗称"梅根法案"。目前英国和韩国也引入了该法规。日本国内也有人提议设立该法，但该法规一旦执行，犯罪者就算刑满出狱，也很难回归社会。此外，性犯罪者还可能因此受到暴力对待或歧视等，种种担忧下，导致至今未引入该法规。

"性犯罪者，哪需要什么人权？"就像是读出了坂口的想法，女人情绪激动地说，"性侵犯是谋杀灵魂。做出这么恶劣的事，还讲什么自尊、回归社会啊，难道不是吗？"

女人像是要寻得同意一样，交替看着坂口和谷崎。站在官方立场应该做何回复呢？坂口正迷惑时谷崎开口了。

"作为女性，我也觉得这是件关乎自身的大事呢。"

没有肯定也没有否定，而是表示充分理解对方的心情。谷崎的临机之智令坂口十分钦佩。

女人接着说道："要是把这些人的信息对一般民众公开，邻近居民就会有所戒备，或许那个男孩子就不会死了。案发之后再搜查，这不就晚了吗？刚才我说了，我家也有上小学的孩子，发生这种事真的被吓死了。公开罪犯信息的法规要怎样才能通过呢？还要等几年呢？提上日程了吗？"

话题越扯越远了，坂口插嘴了。

"您担心得是。我们也希望尽快破案，所以才来您这边打听情况。无论是案发之前，还是家长开始巡逻之后，您都没有发现任何疑点，对吧？"

赶紧拉回这个话题。女人点头回答"嗯，是的"。坂口和谷崎都停下了手中的笔记。感觉到就此问不出更多了。

"谁能想到,在这样的郊区也会发生这种事。你看,几年前大美户市不是发生过强奸案吗?"

大概四年前,毗邻的大美户市发生了一起连环女性性侵案,被害女性均为初高中生。万幸罪犯已被捕,但该案给住在平静郊区的居民心中留下了很大的阴影。

"那件事也真的很可怕。"

女人叹了口气。

"表面看上去很安宁,谁知道,这片天空下,竟然会有人做出如此残忍的事……"

女人抱紧双臂,将悲哀的目光投向天空。

这之后,二人继续踏实认真地挨家挨户走访问询,但没有从任何人那里得到有用的信息。

"谁都没看到什么,没听到什么……真会有这么诡异的事发生吗?"

谷崎叹了口气。

很多案件就算成立了搜查本部也没能侦破,但大多还是会发现一些痕迹,或是有人听到了声音。比如发现罪犯丢弃的衣服、留下的血迹或足迹等。可这次的案件中,一点罪犯留下的痕迹都没找到。虽说搜查开始刚两天,今后可能会收集到线索。但不知为什么,坂口有种预感,今后的搜查路上依然会暗云遮日,难以查明。

"吃午饭吧。人是铁饭是钢啊。"坂口尽量轻松地说。

"啊,已经两点多了,怪不得肚子饿了呢。是啊,赶快吃点儿东西再去下一家吧。"谷崎看着手表,吃惊地说道。

"商店街有家乌冬面馆,去那儿吃吧。"

坂口刚要往商店街的方向走,却听谷崎不满地说:"乌冬面?那玩意儿填不饱肚子啊。"

"哈?"

自己的提议当即被否定,坂口眨巴着眼睛。

"那你说吃什么,可别说想吃法国菜什么的。"

"咱们去吃猪排盖饭吧,猪排饭。我记得在站前见过,站着吃的那种。"

坂口想了一下才想到。

"啊啊,那儿啊。可是,你进过那家店吗?"谷崎已经开始往车站那边走了,坂口慌忙追上去问。

"啊?倒是没有。"

"不知道怎么形容啊,那里挺……旧的……或者该说太简朴了?算了我就直说了,那儿啊非常脏,我就从没见有女客人进去过。"

谷崎停住了脚步。

"分量大吗?味道如何?"

"哈?这个啊,味道倒是不错。"

"啊,太好了。"谷崎露出打从心底放心的表情,"分量和口味,这就是我要求的全部啦。"

谷崎飞快地迈开大步,坂口也赶忙跟上她的步调。

"真的可以吗?你不是特意为我着想吧?"

两人的速度快赶上竞走了。谷崎瞥了坂口一眼，说："您怎么还不明白，我之前不就说了吗，我这人，可从来不会在意这些。"

"啊是，抱歉了。"

"我也能理解坂口警官您的心情呢。有些女性过于关注消除男女之间的差别，反倒会一直绷紧了神经，要是男人说请客就会生气之类的。这些问题确实很敏感，我很能理解坂口警官您不知如何与女性相处的心情。另外我也知道，您对我是以诚相待。"

"嗯呃，算是吧。"

说着话，就已经能看见猪排店门上挂的脏兮兮的布帘了，上边都是黑乎乎的指印。猪脂香飘散出来。

"可我刚才也说了，应该接受性别之差，互相取长补短。而且啊，通过利用这个差别，有不少工作能得以顺利推进呢。"

确实如此。工作中确实碰到过女性更能胜任的案件。女性为受害者的情况，特别是性犯罪，自不必说。另外当嫌疑人是女性时，若问询方同为女性，嫌疑人敞开心扉自首的概率会高一些，这种案例也不少。坂口也曾受过女刑警的大力相助，每次他都会感叹她们具有男性所不具备的心胸。确实，不同领域，男女各有所长，坂口深以为然。

"我的观点，您这下总该理解了吧。"

"嗯？啊啊，大概吧。"

"所以，坂口警官您若执意想请客，我也会欣然接受的——如果您这么理解,我倒也没什么意见。"

谷崎狡黠地一笑,钻进了猪排店的门帘。

咔嚓咔嚓,谷崎以惊人的速度吃光了炸猪排饭。因为店里只提供站席,来这里的顾客吃饭的速度大都很快。但即便在这些人中,谷崎的吃饭速度也让人觉得像是按下了快进键一样。坂口盯着她的吃相,与其说是惊得目瞪口呆,倒不如说被她迷住了。坂口年轻时胃口也很好,但过了四十五岁,就没法吃得如此畅快了。妻子离家之后他就一直靠便利店的盒饭充饥,时间久了连食欲都差了。

等坂口吃饭的期间,谷崎吸溜溜地啜着茶。突然,她撂下茶杯,眼神空落落的。

"那个……刚才我一直说什么真正的性别解放,但其实还有一个必须要推动的变革。"她叹了口气,"说到男女平等,大家都喜欢把目光集中在为女孩子增加技术培训课程,给男人育儿假等方面,可是啊……在消除男女差别上,日本还存在一个很大的必须解决的问题。"

"什么问题?"

"强奸罪啊。"谷崎直视着坂口,开口道,"受害者为男性时,强奸罪就不适用了。这点很奇怪。"

确实如此。

在日本,强奸罪的对象仅限女性。也就是说,男性就算遭受性侵害,也不构成强奸罪。就算受害者遭受到明显的性暴力,也只适用于强制猥亵罪。当然,强奸罪会判得更重。

"男性性器官插入女性性器官,才被认定发生了强奸。也就是说,因为肛门并非女性性器官,所以不算完成强奸,强奸罪便不成立——还有比这更荒谬的吗?"

确实很荒谬。说起来,强奸罪在日本属于真正身份犯。所谓真正身份犯,是指罪犯的身份是该犯罪事实成立的要件。比如受贿罪,罪犯必须是公务员或仲裁人,否则无法成立。强奸罪与此相同,大前提是犯罪者为男性。也就是说,女性不可能是强奸犯。听着坂口述说这项法律的不合理之处,谷崎点头应道:"正是如此。不仅如此,由于强奸而致人死亡,也就是强奸致死罪,竟然比杀人罪判得轻,这也很荒谬。对此我无法认同。"

一直有人提出,与世界上的其他国家相比,日本对强奸罪和强奸致死罪的判罚过轻了。[①] 工作时每次遇到强奸罪受害者都会觉得难受至极。还有数名受害者明知自己毫无过错,却因绝望而自杀。

坂口想起了走访的第一户,那个女人说的话。

——谋杀灵魂。

强奸是谋杀灵魂。谋杀肉体。谋杀未来。

"是啊,我也是打从心底这么觉得。"

听到坂口由衷地这么说,谷崎的表情稍显高兴了些。

"太好了,坂口警官你是这样的人。"

[①] 本书出版于二〇一五年,在二〇一七年,日本修改了《刑法》中与"强奸罪"有关的条款。文中提到的这几点均有修改。例如,受害者为男性也适用,加重刑罚,删除"亲告罪"等。

"咦？"

"之前跟前辈说起这些时，他们多会嘲笑我，说这不是我的工作。所以，得到您的赞同，我很开心。"

谷崎挂着笑容的脸突然重回严肃。

"由纪夫是男孩子，无论如何也不适用于强奸罪。而且，若施暴发生在杀害之前，最多也就判个强制猥亵致死罪。这起案件很恶劣，至少也该判他个杀人罪才能有个交代。"

"是啊……可是，先得把凶手抓到才有后话。抓到之后再说怎么交代吧。"

"您说的是。那咱们抓紧时间吧。"

谷崎一口气喝光茶水，飞一般地跑出店。她似乎是个很可靠的搭档呢，坂口边这么想，边紧随其后追了出去。

6

下午的班会一结束，真琴就匆忙跑到了门口。打工店的店长发来了紧急联络信息，跪求真琴五点前来收银台替班。在拥挤的鞋柜前换鞋时，有人拍了真琴的肩膀一下。

"要不要去麦当劳？"

是同班的桃子和麻美。两人在班里都属于可爱少女那一类，因为生物课在同一组，以此为契机，午饭和放学后二人不时会来邀请真琴。

"不啦，我还得去打工。"

"咦？"

"真遗憾。"

"我赶时间，先走啦。"

真琴从堵在前方的两人中间穿过，跑了出去。耳边还听到二人含混不清的抱怨声。"真琴可真是的。""最近不太合群啊。"

在学校正门前坐上公交，五站后下车。再从车站步行没多久，就到了太阳超市的员工入口。

真琴在更衣室换上带超市标志的 Polo 衫，系上围裙，推开通往店内的门走进去。与煞风景的后院不同，为了让食品看上去更美味诱人，店里的灯光照明都颇讲究。明亮又干净，顾客很多，人声鼎沸。

"欢迎光临！"

真琴边微笑着打招呼，边飞快地环视店内。离收银台换班还有不到十分钟。真琴对一手拿着购物清单、不知所措的男性顾客说："您找什么，我来帮您吧？"对正伸手努力够高处商品的女性说："我来帮您取吧。"又向购物筐里装了沉重商品的老人伸出手，说："我来帮您拿吧。"

最初，和由纪夫也是这么搭上话的。

由纪夫在摆放点心的过道来回跑。他一只手伸到货架里，边跑边啪啦啪啦地把商品弄到地上。从过道另一头跑回来时，他又踩上了掉落在地上的一件商品。

那时正好是换班的时间，正要去后院休息的真琴想，好机会。盯上由纪夫后，真琴一直都很关注他。

"啊，被你这么一踩，东西就卖不出去了啊。"

听到真琴的声音，由纪夫停住了脚步，然后瞪眼看过来。

为把掉在地上的货品捡回货架，真琴蹲下身，视线和由纪夫在同一高度。真琴把被踩扁的盒子拿给由纪夫看，可由纪夫却气呼呼地哼了一声，别开脸看向别处。

"是猎豹骑士巧克力啊。你想要吗？"

真琴这么一问，扭头看别处的由纪夫马上转回头。

"真给我吗？"

"反正也不能卖了呀。因为被你踩了。"

"嗯……"

"所以就给你了。你妈妈呢？"

"在卖肉的地方。"

"这样，你先回妈妈那边吧。然后妈妈去收银台结账时你来一下后门。"

"后门？"

"嗯。从入口出去后往右拐。我在那儿等你。"

"嗯！"

由纪夫高高兴兴地往妈妈那边跑去。真琴拿着那件没法卖的货品，迅速在收银台结了账，就穿过后院向后门走去。喝着罐装咖啡等待时，由纪夫跑了过来。周六人多，每次只有一人轮班休息，所以此时后院和后门都一个人也没有。

"快给我。"或许是迫不及待，由纪夫跺着脚说。

"嗯。不过，有两件事你要答应我。"

"什么事？"

"以后不要去零食货架玩了。还有，这件事绝对不能跟你妈妈还有其他任何人说。"

"为什么？"

"因为我们两个都会挨骂。而且，你要是那么做，以后我就不能给你零食了呀。"

"知道啦。"

看着递到眼前的猎豹骑士巧克力，由纪夫拼命点头。

"那你现在马上吃光它吧。如果拿回家，就会被妈妈发现啦。"

由纪夫嗖地从真琴手中夺过盒子,马上打开吃起来。小孩子的零食,分量很少,马上就吃光了。

"快回去找妈妈吧,她会担心的。"

心满意足的由纪夫连一句道谢的话都没说,就跑回去了。要杀他的话,至少还得等一个月啊,真琴一边目送他的背影一边想。店外和后门都没有监控摄像头,可店内当然安装了,视频会保存一个月。真琴决定等零食区的录像删除后再开始行动,实际上也是这么做的。

"收银台换班,请您稍等片刻。"

到了换班时间,真琴微笑着告知排队的顾客,迅速换下前一班的同事。

"您久等了。请问您是否有会员积分卡。"

麻利地开始接待顾客。真琴在太阳超市工作一年半了。在高中生中,算是打工时间最长的一个了。在超市工作很开心。顾客虽不会记得员工,真琴却能记住顾客的脸。有每天傍晚时分都会来的顾客,也有只周末才来的顾客。某位顾客经常买某一种便当,某位顾客不时会买一种饮料和杂物。想要收集个人信息,这份工作很合适。

也是在打工时真琴知道了由纪夫家的住址。当时他妈妈在服务台委托超市配送,借此机会,真琴以"顾客有不良品投诉,需要标记一下"为借口,走进服务台,翻看了小票上的信息。

得知住址后,真琴多次到由纪夫家附近观察。每次见到由纪夫，心中黑色的蠢蠢欲动的东西就会膨胀、变大，让真琴越来越痛苦。

果然，只有杀死他。真琴这么想。

然后上周六——天定之日终于到来。

真琴本来没排班，但打工的同伴拜托帮忙替班。由纪夫来时是傍晚，正好工作要结束了。

真琴并没想叫他出去，可由纪夫一脸贪婪地朝真琴笑。真琴便趁他妈妈没注意时轻轻冲他点点头，说了一声"辛苦了"，下了收银台。

换好衣服往后门走时由纪夫来了。真琴像上次一样，给他巧克力之后说"快回去吧"。虽然一直想找机会杀了他，但并没计划今天动手。

"不要！"由纪夫气呼呼地说。

"为什么？"

"刚才挨骂了。"

"妈妈？"

"嗯。还打我了。"

"嗯……"

由纪夫"吧唧吧唧"地吮着手指，光听声音就让人感觉脏兮兮的。

"那你要不要来我家玩？"

"真的？"

"嗯。前边的公园里不是有个厕所吗，你藏在最里边的隔间等我。到时我会敲五下门。其他人敲门一律别开。"

"嗯。你再多带点零食来啊。"

"OK。"

由纪夫直接跑向了小巷子。真琴回到更衣室，拿出书包和新买的护具袋。

今天或许可以实行计划了，真琴想，咽了一口唾沫。

盯上由纪夫已有三个月，真琴心中一直在等待各种条件齐备的一天。

碰巧和人换班。

碰巧由纪夫来到店里。

碰巧由纪夫被母亲训斥，说不想回家。

碰巧社团活动后先回家，脱下校服，换了一身没有特征的衣服。

碰巧真琴的家人全都外出。

还有，碰巧两周前从剑道用品专卖店订购的新护具袋到货，而真琴在打工前将它取了回来。

这一天，一切都凑到一起了。

和由纪夫约定碰面的公园里除了秋千、跷跷板、攀爬架和沙池这些基础设施外，还有大型滑梯和棒球场，占地非常宽广。又因为是周六，有许多家长带着孩子玩。

真琴确认没有人注意自己后走进了厕所。最里边隔间的门是关着的，敲了五次门之后，里边传出一个很小的声音问："谁？"接着门开了一条缝。真琴迅速闪进隔间，锁上了门。

"你妈妈就在外边呢。"

这当然是假话。

"啊。"由纪夫的脸色一下子变了,"她生气吗?"

"肯定生气啊。因为你跑不见了啊。"

"可是……是妈妈不好。"

由纪夫噘嘴生起气来。

"你要回去吗?我跟你一起去跟你妈道歉吧。"

以由纪夫的性格,这么一说,他肯定不会同意。果然——

"才不要!"

由纪夫倔强地摇头。

"喂,你给我带零食了吗?"

由纪夫狡黠的目光投向真琴鼓鼓囊囊的裤兜。

"嗯啊。"

"我想吃。我要去你家。"

"知道了。那为了不被你妈看见,你进到这里来吧。"

真琴拉开护具袋的拉链,护具袋敞开了一道黑黑的大口子。由纪夫老实地迈进去,马上双手抱膝躺在了袋子里。可能对小孩子来说就像是在玩游戏,他扑哧笑出声来。

"可别出声啊,会被你妈妈听见的。"

"知道啦。"

由纪夫慌忙用两手捂住嘴。真琴拉上拉链,护具袋像漆黑的胃袋一般吞没了男孩的身体。身高一米左右的孩子就这么被袋子装下了——

"辛苦啦。可以下班啦。"

店长边系围裙边跑来，他的声音把真琴从回忆拉回现实。不知不觉已经五点了。

"抱歉啊，突然叫你过来。小森说患了流感，正赶上今天我得去参加店长会。"

看真琴出来，店长将胖乎乎的身体挤进了收银台。

"真是帮大忙啦。雪中送炭的只有你真琴。"

"嗯，那么店长您就给涨点工资嘛。"真琴调皮地接话道，接着回到更衣室，摘下围裙，换衣服，这时目光瞥到了贴在墙上的纸。

协助警方破案

关于矢口由纪夫君被杀一案，若看到、听到或想起任何事，请尽数告知。

店长

这应该是店长在工作间隙，用电脑打好后再打印出来贴上的。这么忙，还真是辛苦他了。受害男孩最后被人目击是在这家超市，对此，善良的店长肯定十分痛心吧。

门开了，是上晚班的大学生铃木。

"哇，听说出命案了？"

还没开柜门，他就急不可耐地问，似乎挺兴奋。

"啊……嗯，算是。"

"警察之类的真来了吗？"

"当然了。还问了我好多问题呢。"

真琴话音刚落,铃木就说"真的啊",声音都变调了。

"那天大辅的爷爷去世了,我替他来上班来着。"

"那你看见凶手了?"

"要是我看见了,店长也不用贴这个了啊。"真琴用目光示意墙上贴的纸。

"啊,这样。"

"昨天一早我来收银台时,就看见一位刑警严肃地在和店长交谈。然后就挨个儿叫大家过去询问了。排班非常混乱,我连社团活动都迟到了……当然,这也是没办法的事。"

"那真琴你都说什么了?"

"也没什么可说的。其实那孩子失踪前,我正在收银台收银呢。所以没法提供什么有用的信息。"

"这样啊……昨天我刚从塞班回来,打开电视一看,屏幕里是太阳超市,真是吓了一跳呢。喂,是全裸对吧?虽然新闻里没明说,但网上都在传,说有受到性侵的痕迹——"

真琴"砰"地拍了一下更衣柜门,响声盖过了铃木的声音。

"太不谨慎了啊,铃木。"

被真琴一瞪,铃木像是胆怯了,闭上了嘴。

"你考虑过当事者的心情吗?这种好奇心,只会让他们受到更多的伤害。受害者明明毫无过错。"

"对不起。"

"你也不用跟我道歉。"

真琴转身背向铃木,走出了更衣室。

"啊,我给大家带回来了巧克力,就放在休息室了啊。"

他讨好的声音在门关闭前传入真琴耳中。

打工结束了,但真琴还是给妈妈发了一条信息:"打工时间要延长,晚点回家"。接着前往"三本木聪"住的小区。坐公交车三站地,到达时已经五点半了。

他要是不在就不在,没什么关系,也不是非要找到他。不急。顺其自然——这是雷打不动的准则。

没想到天遂人愿,真琴发现了聪。小区公园的沙池里有好几个孩童在玩耍。真琴坐在能清楚看见沙池的长椅上,若无其事地环顾四周。天色渐暗,公园里的灯亮了。但或许因为在小区里,大家都很放心,所以还有大概十来个孩子分散在各处玩耍,而家长模样的大人只有两三个。

"不要啦!"

一个小女孩被聪扔了一把沙子,像是马上就要哭出来了。这个小女孩不是昨天看见的妹妹。但聪还是一边笑一边冲着其他孩子扔沙子。总之,他就是别人最不想招惹的一个。

像这样的观察,对真琴而言意义重大。一想到对方的性命已经捏在了自己手里,就会有种安心感。

真琴的视线从聪身上转移到了那个女孩子身上。小女孩咕咚一屁股摔在了沙池里,哭起来。短裙下圆滚滚的大腿到臀部都露了出来。真琴一时忘了聪,直盯着哭泣的小女孩。

——女孩子,真是可爱又危险啊……

真琴心中又响起一阵杂音,铺天盖地席卷而来。像是被其所驱使,真琴从长椅上站起身,慢慢靠近沙池。

"喂，不能欺负女孩子啊。你没事吧？"

脸上浮现出温和的笑容，真琴蹲下身子，向摔倒在地的小女孩伸出了手。

7

薰刚才挖沙用的红色铲子孤零零地躺在沙池里。不祥的预感带着阴森的湿气席卷保奈美的全身。

"刚才也在这里玩的女孩子你们看见没啊?"

保奈美慌忙跑进沙池,询问仍在专心玩沙的小孩子们。

小孩子们抬起头看向她,却都没回答。

"刚才在这里用铲子挖沙子的孩子……去哪儿啦?"

咦,不知道呀,去别的地方啦——小孩子的回答没有什么重点。

可能是注意到了这边的异常,一个家长模样的中年女性走了过来。

"那个,是不是头上系着两个发带的女孩子?"

"对对,就是她!"

保奈美像是抓到了一根救命稻草,看着那个女人。

"那个孩子……被一个男人带出公园了呢。他们聊得很开心,我还以为肯定是家长——"

保奈美眼前一黑。

她马上飞奔出公园，边跑边喊："薰！薰！"然而找遍了周围的巷子，哪里都没找到。怎么就没盯着薰呢？也就短短几十秒，会是谁把薰带走了呢？

对了，警察。让警察帮忙找。得赶紧拨一一〇。保奈美打开包找手机却没找到。糟了，放在书房的书桌上忘记带出来了。这该如何是好呢！

保奈美抱着头，心中慌乱。四下已漆黑一片。她不争气地流出了眼泪，但这不是哭的时候。说起来附近应该有交警。保奈美再次奔跑起来。

保奈美急忙跑进交警站，刚给老人指完路的警察微笑着看向她。

"那个……出大事了，我家三岁的女孩，被一个男人带走了……"

警察也马上从保奈美的表情觉察到事态紧急。向保奈美询问了孩子的姓名、身高、身体特征、衣着等后，便说会立即把相关信息发给附近的警察。

"您现在手边有薰的照片吗？我想拍一张，作为附件跟信息一起发出去。"

"我把手机落在家里了……"

"大头贴之类的也行。能看清长相的东西就行。"

保奈美迅速翻找背包和钱包，可什么都没带。要是带了手机出来，马上就能给警察看照片了，她再次咒骂自己太蠢了。

"我马上回家，把手机和数码相机都拿来。"

保奈美刚要飞奔出交警站，警察急忙把一张字条塞到她手里。

"我们会立即展开搜索，如果您找到照片，直接打这个电话。"

保奈美全力往家跑，泪水却止不住地溢出来。怎么办？要是薰有个三长两短，我也活不下去了……

她用颤抖的手打开玄关大门，像要瘫倒般扑进了门。

整齐摆放在换鞋处的薰的鞋子映入眼帘。

她记得薰今天穿的就是这双鞋。可是这双鞋不应该在这儿啊。她正处在混乱之中时，听到从屋里传出了欢笑声。

"薰？在家？"

她不敢相信，连鞋也顾不上脱就冲进了屋里。薰正坐在客厅的椅子上嚼着甜甜圈。

"薰！"

她跑过去，紧紧抱住薰。温暖的身体，真的是薰吗？她不禁一次又一次用脸摩擦着薰的头发。

"哎呀，我都没法吃甜甜圈啦。"薰扭着身子说。即便如此，保奈美仍觉得是种幸福，迟迟不肯松手。

"你回来啦。"

背后传来厚重的男人的声音。保奈美吓了一跳，回头去看，原来是丈夫靖彦，正拿着盒装牛奶和薰专用的塑料杯站在那里。

他今天不是去参加外宿两晚的研修旅行了吗？

"吓死我了……怎么回事啊?"
保奈美终于放开薰,站了起来。
"嗯?我发信息给你了啊。"
靖彦边说边慢悠悠地把牛奶倒进杯里,递给薰。
"信息?"
保奈美慌忙跑回自己的房间,拿起一直放在桌上的手机看。四条未读信息,三个未接来电。

　　由于会场安排出了问题,研修改为从明天开始。所以我今天回家,麻烦你准备晚饭。

　　还车的地方就在咱们家附近,真是运气。我就直接回家啦。用买点儿什么带回去吗?

　　薰跟我在一起。放心。马上回公园。

　　我们回公园了,你没在啊。我们也回家啦。

三个未接来电也都是靖彦打来的。保奈美软绵绵地坐在了地上,手里还攥着手机。她感到全身一下子没了力气。把薰从沙池带走的原来是靖彦啊。他说是在回家路上看见了在公园里玩的薰。
保奈美放下了心,再回到客厅,看到靖彦坐在薰旁边和她一起吃甜甜圈。这人还真是完全不了解别人的心情啊——她的心中涌起一股怒火。

"你带薰走之前为什么不跟我说一声啊！"

保奈美突然发飙，把靖彦吓了一跳。

"怎、怎么突然发火啊？"

"因为我刚才特别特别担心！担心得都要死了！"

"你还说我呢，我叫你了啊，不是还给你打电话、发信息了嘛。说起来，什么啊，难道你一直都没看信息？"靖彦生气地反驳道。

"我手机不是落家里了嘛。"

"所以不该怪你自己吗？发生那个案子后你一直神经兮兮，就是怕你太担心，我才打了那么多个电话啊。"

保奈美更火大了。作为家庭中心的母亲若是情绪不佳，就会传染给所有家庭成员。特别是女儿，会敏感地觉察到。所以得知那起案件之后，她尽量不提及这个话题，努力保持平常状态。可竟然被丈夫揭穿，说她"神经兮兮"，她的怒气一下子升级。

"我才没有神经兮兮！说什么呢，说得好像薰会成为受害者一样。"

"哈？这种话我可一个字都没说啊，怎么会被你解释出这个意思来呢。"

"薰不会被盯上的！肯定会平安的！"

保奈美边大声喊叫边攥紧拳头捶向靖彦。

"喂，我说你没事儿吧。"

靖彦一脸困惑地用手接住保奈美的拳头。薰在一旁目不转睛地盯着二人。

"我害怕……真的很害怕。我怕……若是发生那种事……要是薰被人强暴，啊啊——"

靖彦抚摸着抽泣的保奈美的后背，和她一起在沙发上坐下。

"对不起。让你担心了。"

没有半点过错的靖彦开口道歉了。

"我经过公园门前时看见了薰，就去沙池找她。我也叫你了，可你当时在跟扫地大爷说话呢。"

原来如此啊。当时一心只想着公园灯光的事，完全没注意到。

"正好来了一辆甜甜圈车，薰就跑出公园了。"

甜甜圈车，就是时常在这附近转悠的移动式甜甜圈店。因为不用考虑店铺费用，所以价格十分便宜，味道传统又美味。之前给薰买过一次，自那之后，她一看见甜甜圈车就会追过去。

"我就也急忙追过去了啊。那边不是车很多嘛。当时我冷汗都冒出来了，虽然马上拉住了薰，可她却哭着喊'甜甜圈、甜甜圈'，就是不回公园。我怕你担心，就给你打电话、发信息，然后买了甜甜圈折回去。可你已经不在那儿了，我还以为你看见信息先回家了呢。"

"原来是这样啊……"

双手捂脸的保奈美终于安心地舒了口气。说到底，要是自己记得带手机出门，也不会跟靖彦和薰走岔路了。

身体还在哆嗦。吃完了甜甜圈的薰边晃荡着腿边喝着牛奶。这本是极其平常的场景，此时保奈美却觉得无比珍贵。

"啊对了，警察。"

保奈美想起来，慌忙取出警察给她的纸条。

"警察？"

"我得跟人家联系一下。其实，我刚才拜托交警帮忙找薰。"

保奈美赶紧拨打纸条上的电话号码，可对方说以防万一需要再确认一下。五分钟后两位警察来到了家里。保奈美带着薰出门迎接，把前后经过叙述了一遍，并向对方道歉。两位警察说"平安无事就最好啦"，笑着原谅了她。

"真是的，薰啊，是一看见甜甜圈就连魂儿都丢啦。"

警察离开后，保奈美才总算有心情说笑了。她也从盒里拿出一个甜甜圈，一口咬下去。

"嗯！真好吃。是吧，薰？"

"啊，那个是草莓味的，你把最好吃的挑走啦！"嘴边沾满巧克力的薰鼓起可爱的小脸说道。

保奈美用纸巾擦拭薰的脸颊，趁这个间隙，薰一口叼住了草莓味的甜甜圈。

"啊，你这小馋猫！"

薰手里拿着甜甜圈逃跑，保奈美嘴里说"抓住你了哦"，从背后把她紧紧抱住。房子里处处飘荡着笑声。

——太好了。真是太好了。

保奈美悄悄拭去了从眼角渗出的泪水。

不知不觉间，已经过了晚餐时间了。

"坏了,我还没准备晚饭呢。"

保奈美收起甜甜圈,往厨房走去。

"抱歉,我马上做饭啊。你能不能先带薰去洗澡?"

"好啊。那咱们走吧,薰。"

靖彦想抱起薰,可薰却不乐意。

"不要,我要等妈妈。昨天都说好了的。"

"没办法了。你给她念念绘本吧。"

"没问题。"

靖彦在与厨房相邻的客厅给薰读绘本。保奈美打开冰箱确认食材。鸡腿肉,还有猪肉和牛肉的混合肉馅。她决定做些女儿爱吃的炸鸡块和煎肉饼。冷冻室有之前炒好的洋葱碎,应该很快就能做好。

"饭好啦!"

她招呼了一声,薰说着"真香啊",小鼻子一动一动地嗅着饭菜的香气,来到了餐桌边。

还担心她吃过两个甜甜圈就吃不下正餐了,可薰又吃了好多饭菜。吃完饭,保奈美收拾干净餐桌,把剩饭剩菜用保鲜膜包好。一看表,已经八点了。

"老公,你还是先帮忙带薰去洗澡吧,好吗?"

"你呢?"

"还有翻译没弄完。"

"我倒是没问题……"靖彦瞄了一眼薰。

不出所料,薰噘起了嘴,说:"不,我要和妈妈洗嘛。"

"妈妈有工作,等妈妈的话就太晚啦。"

"那我就等呀。"

"不行啦。九点必须上床睡觉觉啦。"

靖彦抱起闹小脾气的薰往浴室走去。保奈美泡了杯咖啡，回到书房，关上门，坐下打开电脑。关门就表示工作紧急，除非有急事，不要来打扰。摊开的字典和资料铺满了一桌子，为补回今天未完成的进度，保奈美抓紧翻译起来。洗澡水声、开关门的声音和说话声响了一阵，但一集中注意力，就什么都听不到了。

初稿翻译完成时已经十一点多了。保奈美扭扭脖子，伸展了一下。好累啊。差不多也去睡吧。

她起身去厨房调了杯威士忌苏打。工作之后头脑会很清醒，一时睡不着。这时她就会喝杯睡前酒，也是慰劳一下自己，这是保奈美的习惯。

她比平时倒了更多的威士忌在杯中，倒酒时不经意地望向已经关了灯的餐厅。空无一人的寂静房间，她一个人站在这里，案件又兀自在脑中萦绕。保奈美有些心神不定，她走到玄关，确认女儿的鞋子摆在那里，又打开卧室门，确认女儿好好地睡在床上。

没事，没事的，不会发生什么案件的。女儿就睡在这儿呢——她这么对自己说道。可是，有种令人毛骨悚然的不安从脚尖一直蔓延至全身，这又是为什么呢？

她轻轻关上房门，来到阳台想吹吹夜风。靠在阳台的水泥外墙上，小口喝着酒精度略高的威士忌苏打，脑中不由得浮现出受害的男童和他母亲。一想到无辜的幼小生命被剥夺，一个安稳的家庭遭到破坏，她的心就像被掐住了一般。

微醺的大脑中涌出难以名状的恐怖感。风更强了，公寓楼下的树木在摇动，沙沙作响，让她的心更难放下。保奈美将威士忌苏打一饮而尽。

从十二楼的阳台上能看到很远的地方。右边的公交站和便利店多少还透出些灯光，可左侧全是住宅，只零零星星有几盏橙黄色的路灯。而两盏路灯之间的区域就像黑洞一样，再往外就是黑乎乎的一片农田。这次受害男童尸体被遗弃的地点就是农田再往前走一段的河岸边。

保奈美这么看了一会儿，别说行人了，路上连辆车都没有。都说歌舞伎町那种繁华地带的夜晚处处充满危险，但现在想来，郊外的安静夜晚同样存在暴力。她感觉这寂寥的街道，随处都有犯罪的种子在萌生，不由得脊背发凉。

还能看得再清楚点吗？保奈美把酒喝完，从阳台回到客厅，走到过道打开杂物柜。靖彦用来观赏鸟类的望远镜应该收在这里。薰刚出生时，两人商量着等薰长大了就全家一起出去旅行看野鸟，还经常把望远镜拿出来保养一番。但最近比较忙，完全忘了这事了。保奈美把埋在手电筒和急救箱深处的望远镜拽出来，吹了吹上边的浮尘，再次回到阳台。

靠在阳台外墙上，拿起望远镜张望，远处的景色一下子跃然眼前。

周围的几栋公寓都零星有几户亮着灯的房间。都这么晚了还有人没睡，保奈美这么想着，心里稍微踏实了些。不经意间，她看到了一个年轻女人的身姿，在一扇窗帘敞开的窗边，不由得吓了一跳。因为住在公寓高层所以大意了吧。虽然此时那女人只是坐在沙发上看电视，但有可能换衣服时也没什么戒备。同为女人的保奈美无意中看到都心中怦怦直跳，要是男人看到这一幕，肯定会被勾起更大的兴趣，或许会禁不住诱惑，想一整天都这么偷窥吧。保奈美想，自己也住在公寓，绝对不能大意，夜里必须拉严窗帘。

便利店内有一名正在盘点货品的店员。停车场里有一对聊得火热的男女。视线移向住宅区方向，保奈美看到一位貌似公司职员的男人正在支付打车费。酒精的劲儿似乎比她想得还要大，举着望远镜四下张望时，一种晕车般的感觉向她袭来。

这么望了一通，感觉街区还是之前那个安宁的街区。保奈美放下了心，将望远镜从眼前移开——就在这时。

一个人影，正从保奈美所居住的公寓区向远处走去。那个人影没有走向便利店所在的繁华区域，而是向农田和河岸的方向前进。

——这个时候？

不知为何，保奈美忐忑不安起来，再次举起望远镜张望。

是个男人。穿着夹克外套，弓着腰，穿过路灯下的区域时会频频四下张望。保奈美慌忙调整望远镜，聚焦到那个男人身上。他背朝着保奈美，但不时能看见侧脸。男人很年轻。如果他稍微转过头的话，就能清楚地看见他的脸了——正这么想着，男人突然回头了。保奈美立刻蹲下躲了起来。

心脏扑通扑通直跳。像个傻瓜一样，明明那个人不可能看到自己。但隔着望远镜,她甚至感觉与那个人目光相接了。

保奈美缓缓站起身,再次从阳台看向远处。男人手里拎着一个大袋子,保奈美透过望远镜拼命盯着他看。她甩甩被酒精麻醉了的脑袋,屏气凝神地试图辨认那个男人。她看见男人在暗处从袋子里掏出了什么东西。

——难道。

保奈美的身体僵住了。

——那个男人,难不成……

她拼命控制住瑟瑟发抖的双膝,像要摔倒般返回了客厅。然后马上抓起吧台上座机电话的听筒,毫不迟疑地拨打了一一〇。

8

夜里八点多。

坂口和谷崎从早上就开始调查责任区域，花了一整天时间，却并没有获得什么有用信息。特别是晚饭时间，大家都忙于准备饭菜，明显很不耐烦，有人连听都不愿意听。他们在地图上标记了这几户人家，打算改日再来拜访。入户调查没有什么捷径，必须坚持才能有收获。

"再问一家就回去吧。"

坂口又按下了一户住宅的门铃。搜查会议九点开始，差不多也该回警署了，但他还想多调查一些，哪怕多一家。门开了，一位上了年纪的妇人伸出头看。谷崎出示警察证，就案件向她询问，她迟疑着开了口。

"其实啊，我们以前就住在由纪夫家后边。"

"是多久之前的事？"谷崎间不容发地问道。

"大概一年半以前吧。这个房子改建，我们有半年租房住，租的房子正好在由纪夫家后边。那个……"她停顿了一下，似乎有什么很难开口的话，"我经常看见由纪夫挨打。"

最终她压低声音说道。

"是被母亲打吗？还是父亲？"

"是他父亲。而且打了不止一次两次。还有冬天大冷天的把孩子赶到阳台上，孩子哭喊着'开门开门'——"

"喂，你啊。"

妇人的话被打断，身后出现了一个同样上了年纪的男人。

"这是我丈夫。"妇人说。

"别人家的事你不要乱嚼舌头。"男人训斥道。

"可——"

"咱们小时候，挨父母的揍可是家常便饭哪。他爸爸那种打法，根本就不算什么嘛。"

"这么说来，您也曾见过那孩子挨打了？"

谷崎这么一问，丈夫的脸色一下子变得很难看。

"唔……受害者一家已经那么可怜了，外人没有权利说三道四的。"

坂口和谷崎出了门——应该可以说是被赶了出来。

"被虐待了吗……"回蓝出警署的路上，谷崎一脸严肃地念道。

"有那种可能性啊。"坂口点头道，"可是，别被这个牵着鼻子走啊。"

"什么意思？"

"也许确实曾经存在虐待行为。但若被这个观点先入为主，无论怎么看都会觉得父母像凶手。这样可能会让真正的凶手逃脱。"

"嗯……"

"确实存在虐待孩子的父母,这是事实,对此我深感遗憾。而且也有杀死自己亲生孩子的父母,不过这种案子,孩子几乎全是遭虐待致死的。打从一开始就明确决意要杀死孩子,还是那么小的孩子,这种情况相当少见。再加上性侵、切下性器官,简直让人无法想象。"

"或许是伪装呢?"

"伪装?"

"比如说父亲因为某些缘由心怀杀意,把由纪夫杀死了。但想到自己可能会首先被怀疑,便慌忙留下施暴的痕迹,并割下性器官,让大家认为是猎奇的变态干的……有这个可能性吗?"

"当然,目前任何可能都应该考虑到。"

坂口在自动贩卖机前停下脚步。

"喝水吗?嗓子干了吧,你说话声都哑了。"

"这都被您看穿了?其实我嗓子挺疼的。"

"因为你也说了不少话啊。"

谷崎的问话技巧很强。能巧妙地询问案件当天发生了什么,并追问对方那个时间段在干什么。警察中也有不会说话的人,曾有人指出这样的人会影响入户调查的质量,可这单凭训练是练不出来的。坂口也算不上会说话,所以他更觉得这是很难得的才能。

"那我来一瓶热的蜂蜜柚子茶。"

坂口按下蜂蜜柚子茶的按钮,取出饮料递给谷崎。然后自己买了罐装咖啡。谷崎拧开瓶盖喝了一口，长出一口气。

"啊——僵硬的肩膀终于放松一些了。"

"辛苦了。第一天，做到这种程度够可以的了。"

这句夸奖有些含蓄，谷崎却笑容满面，说："能被老前辈如此评价，真的太开心了。"接着又说，"我从二课调过来都一年了，却总被人看不起，说我'只能处理智能犯罪案件'，我一直挺难受的。"

原来如此。她看上去那么直率，其实也是会在意这些小事的啊，坂口深感意外。他也拉开易拉罐拉环，喝着咖啡。

"二课主攻头脑战，聚集了一堆智商爆表的家伙。说你的人都是赤裸裸的嫉妒吧，你别放在心上。"

"或许吧。"

"回到刚才的话题。"二人再次迈开步，坂口说道，"关于虐待一事，或许其他调查组得到了相似的信息。这么一来，有可能搜查本部会集体偏向父亲是凶手的观点。但越是这种时候就越要小心，不能随波逐流。"

"如您所言。我知道了。"谷崎用力点头。

"还有一点，算我给你提个建议吧。"

"好，您提的任何建议肯定都对我有帮助。"

"若搜查会议上出现了有用的信息或证据，你就把那个发现证据的人，当作这世上最讨厌的人。"

谷崎"咦"了一声，但马上就懂了，点头道"原来如此"。

"您是想告诉我不能什么都全盘接受，要时刻带着怀疑，对吧？是，我明白了！"

此时二人正好回到了蓝出警署。

搜查会议从汇报对受害者所在幼儿园的调查结果开始。报告厅前方站着两名警员。

"白兔幼儿园是一所市立幼儿园，目前共有三至六岁的幼儿七十五名。我们对园长及幼儿园老师、办公职员等合计十二人进行了问询。没人反映有可疑人员入园，也没有附近居民的恶作剧和投诉。今天我们又与一百一十一名家长中的四十一人取得了联系，他们全部配合着确认了不在场证明。据他们说，至少从表面上看，孩子之间和家长之间并没有发生过矛盾。只是……"

警员停了一下，接着继续汇报道："由纪夫好像是个有些暴力倾向的孩子。幼儿园的好几个孩子都被他打过。此外，他还多次被人看到破坏园内玩具或撕毁绘本。老师一斥责他他就说：'我只是跟爸爸做一样的事呀。'老师反映说之前跟他妈妈了解情况时他妈妈很激动，差点儿哭出来。"

坂口瞥向谷崎。谷崎正一脸认真地记笔记。

"有一名老师之前看见由纪夫的一条手臂上有瘀青，问他怎么回事，他说撞到椅子了。那块瘀青快消失时另一条手臂上又出现了瘀青，由纪夫又坚持说是撞在椅子上了。"

"没报警吗？"里田系长问道。

"因为无法判断是否发生了家庭虐待，幼儿园的老师想再观察一下，想着若发现孩子身上出现多处伤痕就去报警。调查结果就是这样。"

"好。还有补充吗？"

"现阶段从幼儿园方面获得的信息就这些。今天没联系上的家长，会从明天开始陆续约见。另外，幼儿园相关人员和家长的不在场证明还在陆续确认。"

"了解了。虐待这一点值得注意。负责调查由纪夫父母的是谁？"

"是我们。"

两名刑警站起身，个头较矮的男人开口道："由纪夫母亲很老实，不太与邻居交往。但好像在网上与陌生人通过博客交流，我们正在调查是否与网友发生过矛盾。另外，没有从银行、个人贷款或信用卡公司贷过款。"

另一位接着开口。

"其父在江户川区的建筑公司上班，据说今年是第七年了。公司里的上司和同事说他工作认真，深得客户信赖，不太可能与人结仇。截至目前没发现他有情人。关于不在场证明，案发当日其父亲外出去见客户了，案发时间段他具体在干什么尚未明确。"

大厅里出现些许嘈杂声。

汇报的警员接着说道："据本人说，他下午去杉并区今田町见客户。从两点开始，跟客户聊了一个小时左右，之后又去附近与事先约好的另一位客户聊了约一个小时。不过四点到六点间他说把车停在路边休息了两个小时。今天我们去和客户确认了，两点到四点间的不在场证明基本没有问题，那之后就无法证实了。"

刚才还在记笔记的谷崎停下笔，看向坂口，似乎有话要说。

"从今田町到蓝出站要多久？"

应该是已经调查过了，矮个子警察非常自信地回答："开车三十分钟，坐火车快车的话，十五分钟。"

里田沉默了，可以看出他正在思考。

"从今田町回到蓝出，把由纪夫藏在某处，再回今田町继续拜访客户……是有可能实现的啊。"

后边也有人提出类似的推测。也就是说，即便今后证实了其父当时确实在今田町见客户，也无法作为他的不在场证明。更别说他根本没有受害者遇害时间段的不在场证明了。

"他父亲现在在做什么？"

"跟公司请了假，在家里待着。"

慢慢都连起来了，坂口想。四岁的幼儿在超市消失，其间没有任何目击证人，甚至没有什么动静，这简直难以想象。加上尸体上没有反抗的痕迹，于是最亲近的人就成了首要怀疑对象。可如果是这样的话，从孩子消失到被害，这之间的几个小时他被带到哪儿去了呢？或许是想到了和坂口相同的疑问，有人开口问道："父亲开车吗？"

"去见客户时是开车的，但开的不是自家的车。另外父母二人名下都没有租过车。"

孩子失踪后父母都出去寻找了，孩子姥姥在家等消息。也就是说孩子肯定不在家里。那么到底去哪儿了——想到这里,坂口苦笑起来,之前是哪个家伙说"别被父亲是凶手的观点牵着鼻子走"的啊。

"去矢口的邻居家调查的是谁?"

另一个调查小组的警员举起手。

"我们这边也听到了一些关于虐待的事。"

里田的目光锐利起来。

"其中令人最在意的是,案发几周前,孩子母亲曾想给'健康育儿成长热线'打电话来着。"

健康育儿成长热线是蓝出市育儿相关的咨询窗口,可以当面咨询,也接受电话和邮件咨询。

"由纪夫的母亲盯着贴在自家附近市民公示板上的育儿热线海报看时,被住在附近的主妇看见了,她家里也有一个和由纪夫差不多大的孩子。彼此对视时打了招呼,主妇说由纪夫的母亲还半开玩笑地说:'孩子他爸总发脾气呢。'我们向热线负责人调取了近几周的记录,发现有好几件匿名咨询,说丈夫情绪波动大,会对孩子施暴。正在确认是不是受害者母亲打的电话。"

对孩子父亲的怀疑在大厅里弥漫。在这种氛围下,相关警员开始汇报对太阳超市的调查。以店长为首,提取了超市全体员工的指纹和DNA,并搜查了仓库和后院,对收集到的毛发等进行了鉴定,均与由纪夫的不一致。

"弃尸现场附近有什么发现吗?"

里田问完,坂口和谷崎起身汇报。

谷崎先直率地表示未从邻居处发现特别有用的信息,但家长已开始组织巡逻,今后可能会出现新线索。说完这些她瞥了坂口一眼,坂口轻轻点头,接口道:"一年半前住在矢口家后边的夫妇证实,父亲曾殴打由纪夫,而且冬天把他关在阳台上。"

警察们纷纷露出一副"果不其然"的表情看向坂口。

里田深深叹了口气。接着轮到其他警察继续汇报调查情况。

"DNA鉴定结果出来后马上开会,继续听取调查报告。一定要坚持,收集更多线索。"里田振奋士气道。

搜查会议结束。

会议结束后仍有几位警察没走。坂口觉察出谷崎有话想说,就也没有离开座位。

"预料之中呢。"

"嗯?"

"大家都觉得父亲的嫌疑很重啊。"

"当然。不过大家也在考虑父亲以外的可能性。只是现阶段这条线最明显,自然会优先去追踪。如今我们能做的,就是继续踏踏实实地搜查。"

"坂口警官您的建议真的非常管用啊。"

"嗯?"

"您让我不要被虐待一事牵着鼻子走。之后凡是出现有力的线索或证据,我都会把发现人当成世界上最讨厌的人去听。我刚亲耳听到关于虐待的证词,会上又有如此多可证明虐待的证据，若在以前，我肯定已经目光炯炯地朝着逮捕父亲这个方向去了。多亏事先得到了您的建议，我才能保持中立去听报告。"

"这样啊，那太好了。"

谷崎打开笔记本，目光浏览着页面，像是在复习。笔记本上的文字密密麻麻的，紧凑却整齐。

"若父母不是凶手，接下来值得怀疑的就是白兔幼儿园的相关人员和家长了。然后是附近的居民。再往后是超市员工。这是我个人的想法。"

"唔，超市员工啊。"

有不少警察认为应该怀疑所有被害人见过的人。从刚才的汇报也能看出，警方也对太阳超市的内部人员做了深入的调查。

"确实，超市人员能比较容易地绑架孩子。可没被任何人看到，这还是很有难度的啊。"

"绑架后先藏在后院之类的呢？"

"从绑架到杀害，这之间有一段时间差，那孩子能老老实实地在后院待几个小时吗？何况还有那么多员工进进出出呢。"

"嗯，是啊。"

"当然也不是毫无可能性，所以他们才去收集了毛发吧。超市积极配合搜查，这一举动在很大程度上减轻了嫌疑。"

"是啊。"

"执意认定父亲不是凶手也不好。关于虐待的证词和父亲没有不在场证明都是事实。虽说有些讽刺，但若父亲是凶手，也未尝不是一件好事。这样一来，凶手不是变态，也就不会发生连环凶杀案了。"

"可是……要是他父亲就是变态呢，这种可能性也存在吧。"

谷崎即刻反驳，坂口不由得看向她。

"啊，抱歉，我刚把坂口警官当成我前夫了，顺嘴就否定了您的意见。"

"前夫？你的前夫？怎么突然想起你的前夫了呢？"

"因为他是我在这世上最讨厌的人啊，所以……"

坂口不禁扑哧笑出声来。原来如此，这么有效果倒是不错。笑了一阵，坂口的心却在急速冷却。谷崎说的也有道理。不往虐待的方向考虑，若父亲是为了满足自己扭曲的性欲而杀害了孩子呢——如果是这样，那就有可能继续发生以幼儿为对象的连环凶杀案。

这时大厅的门开了，一名该区域的警察走了进来。

"刚才接到报警说发现了可疑人员。地点距离发现由纪夫尸体的地方步行三十分钟。生活安全课已紧急出动。"

大厅里的警察们一齐抬头，空气瞬间紧张起来。

9

蓝出第一高中的理科教室里充斥着开心的闲聊声，学生们将要开始一项生物实验。黑板上有粉笔写的"尝试分离出自己的DNA"这几个字。

这个班共四十人，分成八组，每组五人。各组分别围在实验桌旁。真琴是组长，正对照黑板上的清单确认实验桌上的器皿和试剂等材料是否齐全。透明塑料杯每人一个。盐水。无水乙醇。蛋白酶。溶解细胞用的缓冲液。冷却剂。还有为了保温存放在塑料容器中的热水。

"好，都齐啦。那么大家把各自的名字写在杯子上，然后把盐水倒进去。"

四名组员是桃子、麻美、知彦和弘树，纷纷按照真琴的指示开始操作。

"用牙齿咬一咬脸颊内侧的口腔，稍微用力一些，这样细胞会更容易剥落。好了吗？然后含一口盐水漱一漱。好，吐到杯子里。"

真琴也将盐水含在口中，然后吐到杯子里。没有任何变化的透明液体中已存在真琴的DNA。

"将细胞溶解缓冲液和蛋白酶各滴入杯中两滴。对对,就是这样。然后轻轻晃动,使其混合。"

"喂,这个是什么啊?干什么用的?"麻美问。

"缓冲液能将包裹在DNA外的细胞膜和核膜破坏掉。蛋白酶能去除与DNA结合在一起的蛋白。刚才老师不是讲过了吗?"弘树得意地回答。

"你说的这些我也听到了。我不是问这个,我问的是细胞溶解缓冲液和蛋白酶这种试剂本身是什么东西。"

"唔……这种问题谁知道……"

弘树一下子答不出了。

"细胞溶解缓冲液是表面活性剂,蛋白酶是用来分解蛋白质的酵素啊。"

真琴拔刀相助。

"哦,这样啊。"

组员一齐看向真琴。

"是的。所以缓冲液可以用厨房清洁剂代替,蛋白酶可以用清洁隐形眼镜的酵素液代替。"

"啊,原来如此,不愧是真琴。"

"比老师讲的要简单易懂呢。"

"大家都混合好了吗?接下来把杯子放在热水中。"

真琴从组员手中接过杯子,整齐地摆放在盛着热水的塑料容器中。

"盖上盖子保温,等待十分钟。桃子,你负责计时,到十分钟时告诉我好吗?"

"组长,收到。"被委以重任,桃子开心地回答道。

"啊,升学指导交流会就在下周了啊……"刚开始等待,知彦就叹了口气说。

此时已是高二的秋天了,是该想想去国立大学还是私立大学,有针对性地选定志愿大学的时候了。

"真的呢。你们都提交志愿表了吗?不是要求本周五之前交吗。"桃子问。

麻美和弘树都摇摇头。

"真琴呢?"

"还没。有点犹豫。"

"你以国立大学为目标就好了啊。"

"我古典文学太差。可私立大学我又觉得有点悬。"

"我也知道该认真起来,在学习上加把劲儿了,可就是没法集中精力啊。"

极其普通的日常对话。极其健康的闲谈。能够切实感受到自己的脚踏在地面上,这种时刻对真琴来说非常宝贵。为今后去向而烦恼的普通高中生,这才是真琴应有的身份。

"我也是呢。还想着晚上能集中注意力呢,结果一上 Line 聊天就停不下来了。"

"一样一样。"

"啊,这么说来,昨天半夜,警车到我家附近来了呢。"

真琴愣了一下。

其实真琴也知道这件事。警笛声很响,自己也被吵醒了。

住在公寓楼中，即便很远地方的声音竟然都能听到。被吵醒后，真琴透过自己房间的窗户张望，看见前方不远处有红色的灯光在闪烁，似乎还聚集了几个人。

心跳在加快。是留下什么线索了吗？仅仅两天就查到了吗？应该处理得很彻底啊。可为什么——

可貌似没人要到真琴的房间来。过了一会儿警车开走了，围观人群也散去了。早上打开电视也没看到相关新闻。真琴若无其事地问正准备早饭的母亲。

"夜里发生什么事了吗？"

"嗯，什么啊？"

快速翻动平底锅的母亲停下了手里的动作，看向真琴。

"警车不是来了吗？"

"是吗？来咱们这个楼了？"

"不是，往前面一点。"

"是吗？我一点儿都不知道啊。"

母亲漫不经心地回答。真琴松了口气，就去上学了，可心里却一直惦记着这件事。

"嗯……警车？然后呢？"

麻美问出了真琴想问的问题。

"说是啊，有人报警说有可疑人员。"

"可疑人员？"

"嗯，说是有个可疑的男人在那边转悠，所以警察就过来询问那个男人了。可貌似那个男人没带凶器之类的东西，而且说只是在散步。"

"什么啊……是举报人搞错了?"

"应该是吧。那件事发生后大家都战战兢兢的啊。"

原来是这么回事,真琴放心了。

"啊,到十分钟了吧?"真琴突然想起来,提醒道。

"啊,对不起!我刚才走神了!"

桃子狂吼一声,掀开了容器的盖子。

"唉……这之后要怎么弄来着?"

"杯子全都取出来。"真琴快速下达指示。

"好哒。"

桃子取出加热后的杯子。

"之后呢?"

明明所有人都有资料,各自按照上面写的操作就可以了,可不知为什么大家都依赖真琴的指示。从很久以前就这样了,真琴已不知不觉地成了下达指令的人。高二的第一节生物课上,分好组后,桃子毫不犹豫地提名真琴为组长,说"因为真琴很可靠呀"。麻美、知彦和弘树也拍手表示"完全同意",之后就一直深得大家的信赖。

真琴并不觉得自己可靠。或许因为是家里唯一的孩子,便养成了凡事都自己动手的习惯,加上性格导致见别人手慢就会出手帮忙。拜其所赐,真琴也成了班里的领头人。

"那边有冷却剂,把杯子放在上边冷却。"

"好——"

"冷却之后,贴杯壁倒入无水乙醇。"

缓缓摇晃注入乙醇的杯子,在黑色实验桌桌面的衬托下,可以看见杯中浮着白色丝状物。这就是DNA。想到自己煞费苦心就是为了这么小的东西，真琴觉得很不可思议。

"知彦，别晃得太狠了，DNA会被弄断的。"真琴提醒用力摇晃杯子的知彦道。

"啊，真的？"

知彦慌忙停下动作。

"咦，DNA还会断吗？"麻美吃惊地问。

"嗯，所以资料上才写'轻轻摇晃'啊。老师应该再加一句'为了不弄断DNA'，这样才更好懂嘛。"弘树边抱怨边用自动铅笔在资料上加注。

"真琴你连这个都知道啊。"桃子钦佩地盯着真琴。

是的。DNA很脆弱，还可以清除掉。国外还有卖清除DNA的药品。但若在海关留下曾购买过那种药品的线索可就糟了，于是真琴研究了一番是否能用身边的日常用品代替。之后发现，极其普通的家庭用品就是梦寐以求的东西——那就是氧系漂白剂。氧系漂白剂不仅能破坏DNA，还能去除血色素。也就是说，不会出现鲁米诺反应。

顺便一提，若用氯系漂白剂的话，虽然能把表面洗干净，但还是会发生鲁米诺反应。所以真琴用氧系漂白剂把由纪夫的全身和破坏尸体的现场——也就是自家浴室——全部仔细地擦了一遍。那天，真琴把由纪夫带回家，先让他玩了会儿游戏，然后在母亲回家前把他杀了。父亲则出差在外。杀完人，真琴把尸体放在屋里，出去吃饭了，边动筷子边思考如何处理尸体。

"我取出来了啊。"

真琴慢慢将吸管插入杯中,将漂在乙醇溶液中的白色絮状物吸了出来。再慢慢抽出吸管,能看到里面确实有线状物体。

"哦,这就是DNA啊。"

"真厉害!"

"肉眼可见呢!"

伴随组员们的感叹,真琴将自己的DNA轻轻移至一只装满乙醇的小瓶中。

"好了。那么大家也把DNA取出来放进这个玻璃瓶吧。我说过好几次了,动作要轻哦。"

"好——"

组员们操作的时候真琴一直凝视着小瓶里的东西。这么小的东西就是遗传基因,是这些东西设计出了自己。早已在这里面写好了吧,自己是个有杀人冲动的人。

"真琴,你做过这个实验吗?"完成了操作的桃子问道。

"怎么可能做过啊。怎么了?"

"因为你很熟练啊。只是听了一遍老师的说明就做得这么好。"

"一般人听过一遍应该都能做吧。"

"你说这话是在挖苦人吗?"知彦笑道。

"看看其他组啊,都还在为如何提取DNA发愁呢。还有的组失败了,得从头再来呢。"麻美也这么说。

于是真琴环视了一下理科教室。确实,除了他们这组,其他人都手忙脚乱地围在实验桌旁。

"因为咱们组长优秀啊。"弘树说。

"就是呢！"桃子、麻美和知彦点头附和。

真琴很善于在头脑中理清事物的顺序，所以诱杀由纪夫进行得很顺利。若是早上带走他，或当时下雨——真琴预想了各种情况，连细节都在脑中反复排练。因此虽然真正动手时也很紧张，却能够保持冷静。

而这些天，真琴正在脑中缜密而精确地描绘把"三本木聪带走、杀害、弃尸"的完整过程——

"喂，真琴。"桃子在耳边小声道。

"嗯？"

"是去国立或公立大学还是去私立大学，你定下来之后能不能告诉我啊？"

"为什么啊？"

"我想跟你分到同一个班。高三要是也跟真琴在同一个班里就好了。"

桃子轻轻捏住真琴的衬衣袖口。

"知道了。我确定后第一个告诉桃子你。"

看着真琴的微笑，桃子也开心地绽放了笑容。

放学后是社团活动。本来想像昨天那样去找三本木聪，这下没办法了。不能做出大赛之前请假这种不自然的举动。昨天在公园帮助了被三本木聪欺负的女孩子，以此为契机跟他搭上话了。不能急躁，一点点接近对方最好。

真琴换上剑道服,来到剑道场,发现只有绵贯到了。他正在练习挥剑,真琴在他旁边开始做预备操。

"绵贯你写完志愿表了吗?"

"今天所有人都在聊这个话题啊。"绵贯笑道,"写了啊。我都交了。"他轻描淡写地说。

"真的啊?选了什么方向?"

"国立或公立。父母跟我哭诉说私立供不起啊。而且不给生活费,所以我必须选离家近的大学。"

做完预备操,真琴也加入了挥剑的行列。这时来了几个低年级学生,各自活动身体。

"这样啊……专业定了没?"

"医学。"

"哇,厉害。你以后想当医生?"

"才没钱当医生呢。要是学习成绩像真琴你那么好还能考虑一下。我想去学护理专业。"

"护理?"真琴吃了一惊,但马上就懂了,"哦对,绵贯你家……"

"是的,我父母都是护理师。"

"原来如此。可是绵贯你……"

"如今男性护理师供不应求呢。在全国哪里都能找到工作,国家证书永久有效,挺好的。但我的最终目标是保健师。"

"保健师……是在市政府工作的吗?跟护理师有什么关系啊?"

"要成为保健师,首先要有护理师资格。"

"这样吗?可是……抱歉,保健师是干什么的啊?"

绵贯苦笑道:"有行政保健师和企业保健师,分好多种。大致来说就是在各地政府或企业进行保健指导的人。然后,我希望能成为行政保健师。"

"哦。那你为什么想当这个啊?"

"首先,护理师不会没有饭碗。今后是老龄化社会,对护理师的需求会越来越大。不过无知的真琴你啊或许还不知道,护理师是要值夜班的。"

"这我还是知道的啦。"

"可是保健师就不用值夜班了啊。而且行政保健师是公务员,工作更稳定。这样的话,我就能一直练习剑道了。"

绵贯一口气说完,真琴目不转睛地盯着他。

"绵贯,怎么说呢……真厉害啊。"

"别夸了。啊,说得我都不好意思了。"

"不,我是说真的。我都有点激动了。"

"人来得差不多了吧。好,开始挂稽古[①]!"

像是要掩饰自己的害羞,绵贯大喝一声,练习开始了。

社团活动后,在回家的公交车里,真琴用手机查了护理师和保健师的信息。正如绵贯所言,这貌似是一条相当坚实的人生路。

[①]就是按照老师指定的顺序快速完成相应部位的打击,通常一组挂稽古包含十余个部位的连续打击,要求一气呵成,动作不可停顿。其间也不能换气,保持喊声一口气打完。

同为十七岁的高中生，绵贯却已放眼未来，做出这样的人生规划，真琴很是钦佩。如今是就业难的时代，就算是一流大学出身，也无法保证能找到一份稳定的工作。

之前班主任曾建议真琴以医学部为目标，可真琴对能左右生命的工作心怀恐惧。因为真琴不知道那个在自己心中萌生的冲动到底会如何发展，不过对近距离观察生命的工作又很感兴趣。读大学得花家里的钱，真琴希望至少能在毕业后马上找到一份稳定的工作，离开家自力更生，让父母放心。

真琴查了一下有护理学专业的大学，并马上申请了相关资料，打算真心把这个专业列入自己的考虑范围。

申请完，真琴边把智能手机放回兜里边看向窗外。公交车正好经过三本木聪住的那片区域。

杀死由纪夫前，真琴以为只要杀了由纪夫，盘旋在心中的嘈杂纷乱就会消失。真琴曾以为，由纪夫气绝之际，以及割下他的性器官时产生的沁入全身的安心感会永远地持续下去。然而那种感觉马上就枯竭了，接着又对三本木聪生出了黑暗的冲动，而且这冲动越来越强烈。

必须杀了他。

真琴自远处目不转睛地盯着三本木聪居住的小区，心里想着。

必须尽快杀了那个家伙。

无意间瞥见站在身边的上班族打扮的男性正在看报，真琴的视线飞快掠过报纸，想看上面是否登了由纪夫案的相关内容。真琴尽量不去买报刊，也不会不谨慎地上网搜索。

蓝出市幼儿被杀案——粗体字标题映入眼帘。继续读报道的内容，真琴僵住了。

"记者采访了相关搜查人员，得知被遗弃的尸体上有性侵的痕迹。"

真琴知道网上也有类似的传闻，却想着那些都不过是看到以幼儿为杀害对象的猎奇案件普遍容易产生的臆测罢了。没有实施过性侵，这个事实真琴比任何人都清楚。

可如今竟有这样的报道。

背上渗出冷汗，心脏像被谁一把攥住了。

如果这则消息属实……那只可能是真琴离开后，又有人奸尸了。

是谁玷污了那具尸体？

什么时候？

不，比起这个——把由纪夫放在那里时或许被人看见了……

握着吊环的手颤抖起来，真琴盯着映在玻璃窗上那失去了血色的脸，身子随着公交车晃动。

10

"怎么回事？"

保奈美不禁对着听筒吼出了声。电话那侧，对方正在说些什么，但她根本无法入耳。她感觉被听筒顶着的太阳穴正"突突"地跳动。

距离保奈美深夜发现可疑人员并报警已有三日。那天夜里她拨了一一〇，为防止被当成恶作剧，她先报上了姓名，然后好不容易才挤出颤抖的声音，告知警方准确的地点。挂断电话后她又马上跑到阳台，继续凝视着身处黑暗之中的男人，同时在心中祈祷警察快些来吧。

几分钟之后警车来了。车灯将黑夜撕开，照亮了一个穿夹克外套的男人的身影。

太好了。没让他跑了——

保奈美将身体探出阳台栏杆，借助望远镜一直这么盯着，直到两名警察走近那个男人。

这下就解决了。没事了。安全了——

紧张感脱离了保奈美绷紧的身体，被安心感取代。保奈美再次回到客厅，并锁上了窗户。

心情好得想唱歌。终于做了件对的事，她心中有种类似自豪的感觉。

喝了一口白兰地含在口中，她钻进了被窝。好几天没像这样安稳地睡一觉了。

第二天一早起来，家人都不在，保奈美紧张地打开电视，直接按遥控器找新闻频道。可无论哪个频道都没报道男人被捕的消息。

因为是发生在郊区的案件，所以没有后续报道吧，保奈美疑惑着，往书房走去。她掀开笔记本电脑，满怀期待地开始搜索，可还是没找到由纪夫被害案的后续报道。

——怎么回事？

保奈美胳膊肘撑在桌子上，双手抱住了头。满心的期待急速萎缩。

她知道了。对了，还在审讯呢吧。电视剧中常见的灰色调查室里，那个男人正被干练严肃的警察狠狠问话呢吧。警方正一步步从慢慢套出的信息中夯实证据，只是还没公开而已。肯定是这样的，不会有错——

保奈美如此这般说服自己，然后恢复平静，度过了那一天。

第二天一早她打开了电视，并且每隔几分钟就去刷新闻网站。可没有任何信息。

不过那个男人肯定身在警局，不会在这条街上闲逛了——这么一想，她也就放心了。

又过了一天，保奈美开始觉得奇怪了。都这么久了，该流出一些相关信息了吧?

她决定去问薰之前闹失踪时求助过的那位警察。那次打电话告知薰找到了时他还特地来登门拜访,确认薰的安全。若是那个人,肯定会告诉自己被捕的男人现如今是什么情况吧。

电话打通了,对方马上接起并报上自己的姓名。

"那个,我是……之前麻烦过您的……"

保奈美说明之后对方好像马上想起她是谁了。

"啊,您是薰的家长吧?"

"嗯。其实今天给您打电话,是有其他事——"

保奈美把四天前的深夜发现可疑人员并报警的事,还有她看见警车开来,警察去询问那个男人的事都告诉了对方。

"那之后我一直挺关注后续的,看新闻之类的,可什么消息也没有。"

"真是十分抱歉,关于这件事,我没法答复您。"

对方似乎很为难。

"可我是举报人,也没有知情权吗?"

"啊,就算如此……"

"而且您也知道,我家有小孩子,我心里一直不踏实。总之,至少告诉我那个被捕的男人现在怎么处理了吧。"保奈美紧追不舍。

对方轻轻叹了口气。

"我没法回答您。"

"请您通融一下。求求您了,我不会给你们添麻烦的。"

明知对方看不见这边，保奈美还是止不住地鞠了好几个躬。

"多么细微的消息也没关系。真的，求求您了。"

"我也说了啊——真的没有任何消息能答复您的。"

"没有任何信息……怎么可能……"

话说到一半，保奈美就闭上了嘴。头脑在快速转动，指向一个答案。

"那个……您的意思是……没有消息？"

对方沉默了。

"难道那个男人……没有被捕？"

"这个无可奉告。"

"为什么？你们好好调查过了吗？他在那个时候在外面闲逛啊，而且，对了，他还拎着个大口袋一样的东西呢——他是想去把受害者的物品或凶器之类的藏起来，不是吗？"

"这个……"

"我知道的，那个男人就是凶手。没错。要是不赶快把他抓起来，就还会出现新的受害者。求你了，把他抓起来啊！"

"这件事我真的不能再多说了。抱歉。"

对方礼貌地道过歉后就挂断了电话。保奈美木然地将已被挂断的手机从耳边移开。

那个男人没有被捕？

保奈美软绵绵地瘫倒在沙发上。

"那个男人明明就是坏人啊……"

她嘟嘟囔囔地自言自语，啃着大拇指的指甲。指甲已经被啃变形了，可她还是控制不住地啃下去，指尖传来一阵尖锐的疼痛。指甲剥开，渗出血来。保奈美终于回过了神，叹了口气。

——警察不可靠。

冷静的头脑中浮现出这个念头。

门铃响了。

她摇摇晃晃地从沙发上起身，通过液晶屏确认来人。屏幕中映出一个头发花白的中年男性和一个年轻女性。

二人不是站在一层的大门前，而是就在自家门口。这栋公寓安保设施很齐全，进入大门和乘电梯都需要刷卡。可尽管如此，还是不时有上门推销的人混进来，像这样直接来敲房门。

保奈美决定假装不在家。可她刚准备从门口走开，就见到二人举起了警察证。保奈美赶忙跑向玄关。

男人名叫坂口，女人叫谷崎。

"我们正在针对四岁男童矢口由纪夫被杀案进行问询调查。上周六或周日，您有没有看见可疑的人员或车辆？"

叫坂口的刑警先开了口。

"不是那两天，"保奈美不由得上前一步，"可我看见可疑的人了！也报警了！"

"是什么时候的事？"

谷崎准备做记录。保奈美努力冷静地述说了一遍之前发生的一连串事件。

"可最终警察好像没有把那个男人带走。警车来了，警察也找那个男人问了话，可之后就把他放了。我从始至终一直都在阳台上看着。"

她把从交警在电话中的态度推理出的，讲述成就像亲眼看见了一样。

"没把他带走……是说警方认为他完全没有犯罪嫌疑吗？这能当场判断出来吗？"

"这样啊……关于案情进展，我们还不能对外公开。那不是我们负责的工作。"坂口微笑着，却毫无破绽地回答道。

"您为什么认为那个男人就是凶手呢？确实，他在深夜拎着大袋子在没人的地方闲逛，这很令人怀疑。可是，是什么原因让您确信他就是凶手呢？"谷崎问道。

确实是该问的问题。应该怎么回答才能让对方明白呢？

"是母亲的……直觉。"

只能这么回答了。

"原来如此。是作为母亲的直觉啊。"

没有轻视的态度，谷崎恢复了认真的表情。

"请问……您有孩子吗？"保奈美接着问出了口。

谷崎一脸意外，但马上摇头回答"没有"。

"那你可能会认为我是个神经质的妈妈，可是我真的觉得孩子太珍贵了。在孩子出生前，母亲真的就是和她一心同体。出生后虽然两个人的身体分开了，却能感觉到和她通过脐带联系在一起。就算分开，也能经常感觉到孩子就在身边，脑中的天线一直在捕捉孩子的信息。母亲，真的很厉害啊。所以，我觉得只要是母亲的直觉，都不能轻视。"

"您的话我十分理解。"谷崎点头道,"我虽然没有孩子,却是在妈妈的关怀爱护下长大的。我觉得母亲的爱是无私的、不求回报的。而父亲,就有些微妙的不同了。"

"是,就像您说的啊。"保奈美不禁对谷崎露出了微笑,"您能理解我,真是太好了。所以我才想知道,为什么那个男人没有被逮捕呢?"

"针对您说的那个男人,具体情况我们不清楚。不过一般情况下,应该是查明了他没有嫌疑吧。"

"怎么可能……"

保奈美没再揪住不放,而是陷入深思。都到这一步了,感觉说什么都没用了。

"您想要保护孩子的心情,我完全理解。而且半夜三更看见可疑的男人,让您更害怕了吧。这种情况下您还能鼓起勇气报警,真的很感谢您。"坂口温和地说。

他是想结束这个话题,保奈美察觉到了。

"我们今后会继续认真调查,您若是再留意到什么,请通知我们。"

"我能跟哪位联络呢?"保奈美马上问道。

交警不行。从这种实际参与案件调查的警察口中或许能打听到更多信息,而且自己配合了调查,今后问询时应该不会被置之不理吧。

被坂口催促,谷崎从名片盒里取出了一张名片。

"您可以打这个电话。但紧急情况下还是打一一〇。"

保奈美看了一眼名片,电话号码的开头是外市。

"不不，请给我一个能联络到您的电话。"保奈美干脆地提出要求。

"您调查时肯定会带手机吧？我想要手机号码。"

谷崎瞥了坂口一眼，坂口点点头。谷崎唰唰地将号码写在了名片背面。

"那么，就打这个。"

保奈美一接过名片就强调道："我肯定会联络您的。请您多多关照。"

警察们回去后，保奈美准备好晚饭的材料，就去幼儿园接薰。

"今天薰午睡没睡多久，所以晚上要让她早点睡哦。"保育员田畑说。

"知道了。"

田畑身后，有好几个小孩子在来回跑动。案发后那几天，所有小女孩都改穿裤子了，不过不知从什么时候开始，又有几个穿回了裙装。虽然穿了打底裤，但蹲下和摔倒时还是会露出屁股的形状。已经有家长开始大意了吗，保奈美很吃惊。

回家后给薰喂饭、洗澡，然后薰便在与客厅相通的日式房间里看绘本，没一会儿就打起瞌睡。要是把她抱起来放到床上或许会马上醒过来，于是保奈美在榻榻米上铺好被褥。刚把薰哄睡，靖彦就回来了。

"已经要睡觉觉啦？"靖彦吃惊地小声对竖起食指放在嘴唇前的保奈美说。

保奈美无言地点点头，把客厅和日式房间之间的拉门拉上。

"好不容易准点下班，还说好好跟她玩会儿呢。"

"孩子也不能按照你的时间表来呀。"

把晚饭端上桌，保奈美马上说"能先听我说吗"，接着把报警后发生的事情讲了。最初还对保奈美表示理解的靖彦，听着听着反应也变得冷淡起来。

"连警察都说不是了，那就不是了呗。"他边嚼着土豆牛肉饼边说。

"可是——"

"我说啊，这种事就应该交给专业的人来做。"

"你不担心吗？"

"我肯定担心啊。"

"要是担心，不就该想想咱们自己能做点什么吗？"

"可我们不是什么都做不了吗？"

两人的对话声不觉间越来越大。拉门后边传来窸窸窣窣的声音，保奈美赶忙留下还在吃晚饭的靖彦，走进了日式房间。薰在被窝里揉着眼睛。要是现在把她彻底吵醒，再睡就得到深夜了。保奈美慌忙躺在薰身边陪睡。

事关我们家的孩子，靖彦却放心交给警察办，真让人生气。保奈美心中有些焦躁，轻轻隔着被子拍薰的胸口。

昏昏欲睡的薰的视线追逐着保奈美的手。

"咦……手手怎么啦？"

薰用小手握住保奈美的手。之前啃破了的大拇指指尖，长了个类似血泡的东西。

"啊,这个啊,是受伤啦。"

"受伤?疼吗?"

薰抬起头,悲悯地看向保奈美。

"让薰亲亲就好了。"

薰用双手包住保奈美的手指,可爱的嘴唇凑了过去。

"哇,治好啦。谢谢你。"

保奈美被幼儿的温柔所感动,用手抚摸她的头发。薰微微笑了一下,又马上进入了梦乡。

平和而毫无防备的睡脸,因为她知道有人在守护她。

不能让这孩子的安稳生活有一丝阴云。这孩子是为幸福而出生的——

保奈美一边抚摸薰的头发,一边回忆怀上女儿之前的日子。

先搏一搏吧。还有一边输卵管是通的,那就还有可能怀孕,先试试自然周期疗法,也就是推测排卵期,在排卵日同房。但卵子不发育、不排卵的话,一切都没用。于是医生先给开了促进卵子发育的激素药物,但卵子依旧完全没发育。

医生很为难地说:"嗯,效果不太好,再加上打针吧。"

加上打针,终于有了一个卵泡,而且是在输卵管通的那侧卵巢里发育成熟了。按医生的指示,那天夜里保奈美与靖彦同房了。可用这个方法试了好几个周期,还是没有怀孕。

"尝试一下人工授精吧。听到人工授精您可能会有顾虑,但其实不疼，费用也只要几万日元。"

用吸管吸入在培养液里洗净、浓缩的精子，再直接注入子宫腔内，仅此而已。保奈美放了心，但又一想，若只是这么单纯，那跟自然周期疗法也没有什么区别嘛，心中又不踏实了。

"不，完全不一样啊。自然妊娠和自然周期疗法下，能到达子宫腔内的精子数非常少。"

"啊……"

一次射精喷出的精子有几千到上亿个，但能进入子宫的就相当少了，再到达输卵管壶腹部的更是少之又少。最终只有一颗精子能完成受精。

"要经历这么多层淘汰啊，真是难以想象。"

可以称之为奇迹了。那之后，受精卵顺利分裂、着床，成为胎儿，也都是一连串梦一般的奇迹。保奈美深刻地感受到，自己，还有眼前的这位医生，能存活于世都是件奇妙的事。

"人工授精仅能帮助把大量精子送进子宫腔内。先试几次，若还是没怀孕，就得考虑卵巢手术了。"

保奈美害怕做手术，她祈祷人工授精能够成功。跟之前一样，靠吃药和打针促进卵子发育，不过这个周期效果很好，好几个卵细胞长大成熟。医生说如果在这种情况下受精，可能会怀上多胎，但饱受卵泡难以成熟之苦的保奈美不想浪费这个机会。

完成了第一次人工授精，仅此就令保奈美心怀感激。她上班路上护住肚子，大夏天也穿袜子，注意不着凉。可日子一天天过去，肚子变得鼓胀难受，还觉得恶心，她还以为是早孕反应，高兴地忍受。但后来连走路都很费力。保奈美终于某日提前下班去不孕症诊所看诊，马上被要求住院了。

"你现在的状况已经很危险了，卵巢肿大，有腹水，血液中的水分较少，血液浓稠。病情再恶化就会形成血栓，还会引起脑梗和肾功能不全等病症。"

是"卵巢过度刺激综合征"。卵巢对激素反应过度，肿大并伴随一系列并发症。药量与之前没什么变化，按理说很少会发生这种情况，不过倒是也有过先例。

胸腔也出现积液了，这样下去有可能引发呼吸衰竭。医生连她回趟家的要求也没允许，直接输液并办理了住院手续。

"不是在治疗不孕吗，怎么还紧急住院了呢？"

拎来住院行李的靖彦最初一脸担心，看见保奈美的脸后或许是稍微放下了心，就直接问出这句话。

保奈美跟他解释了"卵巢过度刺激综合征"，靖彦"嗯嗯"点头道："也就是说，这次住院治疗之后，就能怀孕了吧？"

完全不着边际。他好像根本没听懂。

"不是啊。因为再这样下去我会有生命危险，这才住院的。这次住院不是治疗不孕。"

这么说完，靖彦又突然很吃惊。也不能怪他，连保奈美都不懂自己为什么要受这份罪。

医生又来告知，若已经怀孕，病情会更难控制。但不知是幸运还是不幸，保奈美没有怀孕，一周后就出院了。请病假给公司添了麻烦，不过女上司是个通情达理的人，帮保奈美把工作巧妙地分给内部人员了。等身体状况稳定下来，她又开始治疗不孕了。做了手术，用激光烧灼卵巢表面，让卵巢更容易自然排卵。

经过这次治疗，就算不吃药，卵泡也能自然发育、排卵了。据说效果大概是半年到一年，没法持续一生。幸运的是，第六次人工授精后，终于盼来了怀孕。

啊，我也怀孕了，这下总算可以成为妈妈了——

验血报告中检出了怀孕才会分泌的激素，保奈美小心地将检验结果收进了放护身符的袋子里。

但之后医生马上发现不是正常怀孕。装着宝宝的口袋——胎囊——没在宫内，而是在输卵管。

"这样的话，把胎囊移到子宫不就行了嘛。"

保奈美没有宫外孕的相关知识。用最前沿的医学手段还是能做到这一点的吧，她是真心这么想。

可现实很无情。千辛万苦才住进来的生命，连着整个输卵管被切了下来。而且还是那根虽然狭窄，但还算畅通的输卵管。

要是在宫内着床，就能生出宝贵的生命了。手术前做超声波内诊时，能感受到咚咚跳动的小心脏，保奈美溢出的眼泪止也止不住。

直到被抬进手术室、打上麻药那一刻，她还在不停追问，没有保住像这样在输卵管里怀孕的方法吗？医生都不知该如何答复了。

怀孕不等于顺利生产。是否能生出孩子，完全是神来操控的。有人说医疗已经掌握了生殖领域，其实是不对的。无论多么前沿的技术，怀孕和生产也必然存在神的意志。无论医生和保奈美多么努力，还是无法与神抗衡。只有到出生那一刻，孩子才从神的手中交到了母亲手中。

倘若是这样，保奈美想……

倘若出生之前由神掌管，那出生之后就由母亲掌管了。如果今后能顺利抱到自己的孩子，就全身心地去爱她、守护她。无论发生什么，就算豁出自己的性命，也要守护她的平安——

同时失去胎儿和输卵管的保奈美，躺在病床上一边抽泣一边发着誓。

睁开眼。刚刚在不知不觉间睡着了。已经是半夜了，家人都睡了，家中一片宁静。

保奈美轻手轻脚地从被窝里钻出来，向阳台走去，再次用望远镜眺望四周。

也许那个男人又在呢。这么一想，她的心中很不安。

眼熟的夹克外套身影从圆形望远镜的视野圈中穿过。果不其然，他在。保奈美举着望远镜的手心渗出了汗，呼吸也变得沉重起来。

一定要亲自确认那个男人的身份。他住在哪里，来这里干什么。

这次她不想报警了。警察之类的都不可靠。

确认了男人前往的方向后,保奈美拿着包,悄悄地、迅速地出了家门。

11

由纪夫被绑架的时间段，其父一度不明确的不在场证明被证实了。他在跑业务的车里休息时，正好被一个骑自行车经过的女大学生看到了。

"其实，是我的自行车把车身划了一下。"她抱歉地说，"我想道歉来着，慌忙朝车里看，发现他在睡觉。划痕很轻，几乎看不见，我就直接走了。真抱歉。"

她是听说警察正在对周边住户进行问询调查，便主动来坦白的。

警方对自行车和那辆业务车进行了检查，确实检测出了油漆痕迹。女大学生和由纪夫的父亲素不相识，那之后女大学生去了车站边的商场购物，有目击者。这么一来，那个时间段由纪夫的父亲确实在休息，应该没有错。

据此至少可以判明，绑架由纪夫的不是他父亲。然而，晚上七点到八点这个被害时间段，由纪夫父亲的不在场证明依然不明确。虽然他在此时间段内与孩子母亲联系过，但也有可能同时将由纪夫杀害并抛尸。

此外，就父亲情绪不稳定向孩子施暴一事向"健康育儿热线"咨询的匿名人士就是由纪夫的母亲，这点也得到了证实。

鉴于父亲在由纪夫被绑架的时间段的不在场证明得到了证实，对其母亲的行为就要重新调查。警方依旧强烈怀疑被害人父母参与了此案件。

在将火力集中在父母作案这条线上的同时，警方也在谨慎地展开地毯式问询。又到周六了，距案发已过了一周时间。这天，坂口和谷崎又是从一大早就在负责区域逐户走访、询问。

"喂，凶手就是他父亲吧？"——走访时，他们已多次被抑制不住好奇心的住户如此询问。处理这类案件时，有时会根据情况先将孩子受虐一事通过媒体发布，以此对凶手施加压力。但这次警方决定谨慎、低调地推进，就没有公布这些信息。但或许是目击到虐待的人说了什么，传言已经传开了。

"无可奉告。"

只能这么回答。对方在接受询问前就已经以父亲是凶手为前提了，说的也大都是些道听途说来的消息或网上帖子里写的内容，基本没什么可参考的新消息。

"趁现在去吃午饭吧。"转完了一栋低层公寓后，坂口看了一下手表说。

下午一点刚过。

"好啊——哎哟。"

谷崎把手伸进外套胸前的兜里掏出了手机。手机在无声地"嗡嗡"振动。

"谁啊这是？"

她看着来电显示，疑惑道。看来不是系长打来的电话。谷崎按下了接听键。

"您好，我是谷崎……啊，昨天真是谢谢您了。"

谷崎说着扫了一眼坂口。

"嗯，还没有进展……是，我们今后也要团结一心……谢谢。请您多关照。"

呼了口气，谷崎挂断了电话。发觉了坂口诧异的视线，她说道："是那位周一半夜报警说发现可疑人员的女性。"

"啊，昨天问到的那个人？"

"是的。来询问是不是还没抓到凶手。"

"就这个事？"

"嗯。"

"真不该把手机号告诉她啊。"坂口苦笑道。

"倒也不是那种讨厌的人，挺有礼貌的。说起来，就是单纯的非常担心吧。可就算她问，我也没法回答她啊。"

"下次我来接。"

"那拜托了。唉，昨天她说到'母亲的直觉'这个词时，其实我真的吃惊了一下。"

"是啊，我也挺吃惊的。"

"算被她说中了。她举报的那个男人，是四年前发生在大美户市的强奸案的罪犯，对吧？"

"嗯。当时他才十五岁，后来应该是进了少管所。现在出来了。"

"这次案发后，警方马上找他问话，确认过他的不在场证明了吧？所以在接到举报后只是确认了一下他的随身行李就完事了。我听说是这么回事儿。"

向普通市民公开性犯罪者信息的《梅根法案》还没引入，但警察内部当然掌握着所有有前科的人的动向。若在他们居住的区域发生犯罪事件，就会马上对其进行询问和调查。所以在由纪夫案发生后，警方立即对这名青年——蓼科秀树——进行了调查。

接到那通发现可疑人员的报警电话时，警署内部非常紧张。生活安全课的人马上驱车赶往现场，结果一看，是蓼科秀树。他半年前从少管所出来，貌似租了一块地开始种菜了。他说那天夜里风很大，他担心刚种的菜苗，于是想去看看情况。黑色大包里装着铲子、手电筒和手套等工具，前去询问的警员在次日的搜查会议上汇报了这些情况。

"由纪夫被绑架和杀害的时间段，蓼科秀树都在加油站打工，对吧？有店长和同事的证词，监控摄像也拍到他一直在工作，所以说他不可能作案。"

"是啊。"

"四年前的那起案件大概什么情况，您知道吗？"

"嗯。据说是以卑劣的手段把认识的初中生给强奸了。可以明确的有两起，不过普遍看法是还有没报警的被害人。蓼科一直声称是在对方同意的前提下才与其发生性关系的。"

"原来如此。"

"但我个人认为，那家伙不会以幼儿，而且是男童为对象施暴。当然也不能先入为主地这么断定。"

"坂口警官,您觉得凶手是由纪夫的父亲吗?"

"从手法之极端和谨慎程度来看,我觉得凶手不是想伪装成异常性癖者,而是真的对尸体和性器官有强烈的兴趣。但正如你之前所说,他父亲到底是不是个异常性癖者……这很难判断。"坂口面露难色,抱起手臂,"即便他是异常性癖者,会对亲生儿子下手吗?但是虐待孩子确有其事,目前还不能排除性虐待的可能性。父亲确实是嫌疑最大的人啊。"

"那么……"

"可是,若对父亲实施任意侦查①,搜查更会只朝着这个方向进行了。我说过,在破案之前,我们要有魄力地去怀疑其他人。"

"同感。"谷崎重重点头,转而说道,"那个……午饭吃盒饭可以吗?"

"盒饭啊,挺好,能迅速解决。我们去哪儿买?"

"太阳超市。"

坂口不禁看向谷崎。

"坂口警官您去过太阳超市吗?"

"没有,只见过照片和视频。"

"是吧,您不想去亲眼看看吗?当然,我知道太阳超市是别的同事负责的。但休息时去买个盒饭,别人也不会说什么

---

① 任意侦查,是指不使用强制手段,不对当事人的生活和权益造成严重侵害,或在当事人自愿配合的情况下进行侦查。如侦查机关经过被搜查人同意后对其人身或住所进行的搜查,经嫌疑人和知情人同意后听取其陈述或者对嫌疑人进行测谎试验等。

的吧?"

有人闯入自己负责的区域,肯定不是件值得高兴的事。可谷崎说的也在理。对工作有热情也是好事。

"我想,去实地看看或许能发现一些之前没看到或没注意到的事。"

"是啊,去看看吧。但这最多只能算休息时间顺便跑一趟,我们有自己该做的事,不能久留。知道了吧?"

"是!谢谢您!"

谷崎点头说完,就快步朝太阳超市跑去。

周六中午刚过,太阳超市里人很多。

刚一进店,谷崎就直冲着盒饭区走去。她应该是想着这么一来,就算撞上了负责这里的警察,也能有个理由。她没怎么挑选就把两盒盒饭放进了购物筐,随后开始观察店内。先是在过道里来回走,又去收银台附近走动,连二楼日用品区的各个角落也都看了个遍。结完账后又去店外确认了员工入口和监控摄像头的位置。

"员工入口没锁呢,小孩子很有可能为了探险钻进去。"

"也不是没有这个可能。"

"然后正好撞上了有恋童癖的员工,直接被掳走了……"

"怎么掳走呢?孩子不会哭闹吗?"

"打晕他之类的?"

"尸体上没有殴打痕迹,也没有反抗时的伤痕。另外,体内也没检出安眠药的成分。"

"嗯……或许是熟人呢？"

"听他母亲说店里没有他们的熟人啊。"

"假设凶手是他母亲不知道，但他认识的员工呢？这么一来，那个员工在实施绑架后就要离开工作岗位。"

"喂喂，谷崎君——"

"或许母亲是同谋。无论是哪种情况，当天绑架时间段后离岗的人都有嫌疑。"

"到此为止吧。不要涉足别人负责的区域，会很混乱的。"

"可是——"

"你不记得会议上汇报的内容了吗？正在对所有员工的身份进行确认。包括你在考虑的这种可能性，系长和负责人正在调查和证实各种猜测。我觉得对工作热心没有错，观察绑架现场也很重要，但你首先该做的，是彻底执行分配给你的工作。"

听完坂口的话，谷崎咬住了嘴唇。

"对不起，都是我自己瞎忙活。"

"也不用道歉。那赶快吃饭吧。"

打包台旁边放着几套简易桌椅，算是个简单的饮食区。

"就在这儿吃吧。"

谷崎落座后马上吃起来，可是她的视线还在观察四周。不只是员工，她还在关注购物的顾客、孩子们，以及出入的供应商——她此时肯定不知道自己在吃什么吧。坂口也一样。他不想干涉别人负责的区域，可难得来一次，他也想多多观察，把看到的都收进脑子里。

吃完饭，又过了片刻，谷崎站起身说："咱们走吧。"坂口也起身去扔垃圾。

从超市出来，他们再次朝自己负责的区域走去。就在此时——

"啊。"

谷崎一下子站住了。

"怎么了？"

"是刚才收银的那个人。"

二人看着那人的背影，看上去就像是现如今常见的少年，头小，腿长。好像染发了，短发在阳光的照射下显现出棕褐色。

"那孩子手里拎的……是剑道用的护具袋吧。"

谷崎的双眼被那个拖着黑色袋子的身影吸引。黑袋子下面有小小的滑轮。许多警察都爱好剑道，坂口也一样。他也曾在剑道场上看见过谷崎。

"我知道你在想什么。"坂口说，"由纪夫身体瘦小，要是被装进那个里面，就能运走。"

"坂口警官您怎么想？"

坂口叹了口气。确实，印象中没听到过和护具袋有关的汇报。

"你想去问问吗？"坂口无奈地说。

"可以吗？"

"嗯，过去吧。"

谷崎快步上前叫住了那个人。

"喂，稍等。"迅速出示警察证后自报家门道，"我是搜查一课的谷崎由加里。刚才你在收银台,对吧?你是在太阳超市工作吗?"

"是的……"

"你是哪所高中的?能告诉我姓名吗?"

"蓝出第一高中,我叫田中真琴。"

"几年级?"

"高二。您是在对由纪夫君的案件进行调查吗?"

虽然外表看来就是普通高中生,但说起话来恭敬有礼。

"嗯,是的。那天你出勤了吗?你每周六都是这个时间上班吗?那天你有没有注意到什么?"

"您有好多问题啊。"

田中露齿而笑。

"周六有时会出勤,但并不是每周都来。案发当天我有班,但是没注意到什么特别的——这些话我已经跟其他警官先生说过了。"

"你是剑道部的啊?"坂口若无其事地插话道,"我和谷崎也练习剑道呢。我是五段,嗯……谷崎君是……"

"我是六段。"

原来级别比自己还高,坂口吃惊的同时问田中道:"田中君你是几段啊?"

"二段。跟您二位比还差得远呢。"田中貌似不好意思地微笑道。

"最近出了这么方便的护具袋啊。"坂口指着田中脚边的袋子问。

"啊，这个吗？是啊，带轮子，很方便。当然也能肩挎，有两种用法。"

田中蹲下身，炫耀般地拉开护具袋的拉链，可以隐约看见里边装着用旧的面罩和胴甲。

"我们小的时候可没有这种带轮子的。从家往返学校那两小时得一直背着。"

"但那也可以当作训练啊。我一般都背着，但今天打完工太累了。唉，就因为这样才一直停在二段。"田中挠头道。

"你来这里打工有多久了？"坂口蹲在一旁，边看护具袋和护具边问道。

护具袋的轮子已经磨损了，是塑料质地的，有好几处划痕和破损。但目前看不出是否曾用于其他用途。

"啊，一年半了。我算是坚持打工比较长的那一类。"

"很厉害啊。打工的工资都干什么用啦？"

"交手机费啊、买游戏软件之类的。啊对，还有清洗和保养护具。"

坂口瞟了一眼谷崎。谷崎轻轻点头。

"抱歉把你叫住了。"

坂口起身，咚咚地捶着后腰。

"啊，没事。"

田中拉上护具袋的拉链站起身，爽朗地打了个招呼说："那么您辛苦，我先告辞。"就离开了。

坂口"啪"地拍了一下松了一口气的谷崎的肩膀，说："放心了吗？"

"是。"

"要把幼童偷偷运走,行李箱和纸箱之类的倒是能想到,但剑道的护具袋这个着眼点很新奇啊。或许能去运动用品店找到线索。"

"嗯。话说回来,虽然那个高中生是超市员工,但好像很难将其跟凶手联系起来。"

"虽不能说完全是零,但可能性确实很低。那孩子看上去不像是对男童的肛门施暴,切下性器官的变态。"

"因为长相很清秀吧。"谷崎说完叹了口气,看着远去的田中的背影。

"是啊。"坂口应道。

"在学校很受欢迎吧,我都快被迷住了。"

还以为是开玩笑,但看到谷崎认真的眼神,坂口扑哧笑出声来。

"好了,赶紧回去吧。"

"是。"

二人刚想离开,又看见有个孩子朝田中跑去,边跑边喊:"真琴老师!"

听到呼唤的田中站住了,露出微笑,跟孩子说起话来。

"老师?"谷崎喃喃道。

孩子穿的T恤后背写着"少儿剑道俱乐部"。

"是在剑道俱乐部教小孩子的老师啊……由纪夫有上什么兴趣班吗?"

"记得汇报中说没上任何兴趣班……但也许去旁听过。"

"可能是在那里与凶手有了接触……"

谷崎仿佛陷入了思考,继续眺望着田中的背影。

12

真琴"咕噜咕噜"地拖着护具袋，走在通往蓝出第一高中的路上。

中途被两名警察叫住了，而且他们对护具袋很感兴趣，这让真琴的内心有些紧张。但真琴觉得自己表现得还算自然。

没事的。

应该没有留下任何痕迹。

而且，比起警察，现在真琴更在意的是，谁玷污了由纪夫的尸体。那个人是碰巧看见了由纪夫的尸体吗？还是目击到弃尸，等到真琴离开了再奸尸的呢？

一开始真琴觉得那个人的存在是种威胁。就算把尸体处理得很完美，只要被人目击，无论目击者是去报警还是来威胁，就都不是好事。

可过了几天，身边没有任何异常的事发生，真琴不禁想，仔细想来，奸尸那家伙也是变态啊。有人提供男童尸体这种极其难入手的猎物，至于尸体提供者是用什么手段杀害并遗弃了男童，对他来说不是完全无所谓吗？只要欲望被满足就足够了。

　　肯定不会错。否则早就有警察来调查了。

　　所以那家伙不是敌人。虽不是同伴，但至少不会做出对真琴不利的事吧。而且就算那家伙一不小心说漏了，他自己做过的事也会被追究，因为他侵犯了尸体。

　　所以没事的。

　　真琴这么想着，摆脱了不安。

　　但即便如此，还是存在一个很大的疑问。

　　那个变态到底是谁呢？

　　他又是怎么发现尸体的呢——

　　真琴把护具袋和整套护具放在学校的社团教室里后马上返回自家公寓。拉开房门，就看见目不转睛盯着游戏画面的三本木聪。

　　"你回来啦。"

　　今天去太阳超市打工前，真琴拎着空的护具袋去寻找聪的身影。心中的冲动已强烈得难以抑制了。虽然知道操之过急会导致失败，但只要有机会，还是想尽早动手。

　　持续观察了一段时间，真琴已掌握了他大概的行动规律。要么在自己家，要么在附近的公园，要么在幼儿园，要么在空地，要么在小巷里。最后，终于在没人的小巷里找到了聪，他当时正用绳子拖着一只小猫玩。

　　"喂，住手啊。"

　　看真琴解开绳结，放走了猫，聪愤怒地瞪大双眼。

"你干什么啊!"

"你真是个暴力的家伙啊。之前还欺负过女孩子,对吧?"

聪噘着嘴,低下头。

"今天就你一个人?"

"算是吧。"

"妹妹呢?"

"妈妈带她走了,说是约会。"

"约会?"

"和男朋友约会。"聪故作老成地说,"我可不去,我讨厌那家伙。"

"哦。"

真琴看向四周。这条巷子在木材厂后边,基本上没人会来。机会来了。

"那你要去我家玩游戏吗?"

这么一邀请,聪的眼睛都亮了。

之前与由纪夫交流的经验让真琴得知,幼童会觉得钻进有轮子的袋子很有趣。聪也如意料之中那样,说着"哇,真好玩儿",高高兴兴地缩起身子钻进了袋子。

就这样把聪带回了家。家人要傍晚才回来,自己也得马上出门,就先让聪待在屋里,这么计划的真琴又从厨房拿了好多零食过来。

"吃吧。游戏也尽情玩。"

"真的?"

"可你得老实地待在这儿。我现在要出去打工。"

"大概多久?"

"三个小时左右。你哪儿都别去啊?"

"好——"

聪已经入迷地操作着游戏机手柄了。这样就应该没问题了吧。以防万一,真琴拿出笔记本电脑,用视频通话软件拨打自己的手机,手机屏幕上一下子显示出了房间内部的样子。这样一来,就能随时监控痴迷于游戏的聪了。

真琴准备出门了。家里的大门有上下两个锁,下边的锁聪伸长胳膊也能够到,但上边的锁应该够不着。希望他能寸步不离那个房间,不过即便他想出来,也无法打开门锁。真琴放下心,将两个锁都锁好,拿着装好护具的旧护具袋去了打工的地方。

"喂,我饿了。还有吃的吗?"

聪终于放下手里的游戏机手柄,抬头看着真琴问道。

"我去给你拿。不过你去撒个尿吧。"

"嗯?撒尿?"

"对。"

"我现在不太想去啊。"

"因为我们待会儿要喝好多果汁。"

"真的吗?"

"嗯。你自己能搞定吗?"

"嗯!"

告诉他厕所的位置后,聪就高高兴兴地去了,尿完后回到了房间。

"果汁呢？"

"我现在去拿。"

这么说着，真琴绕到聪的背后，跪下，右臂环住聪的脖子，然后突然勒紧。

强烈地挣扎。

聪的手肘狠狠地顶在真琴的胸口处。真琴腹部用力，强忍着。杀由纪夫时也是这样，这么小的身体里也有无法估量的力量。真琴想着杀了他真是太好了，手臂上加大了力气。

如果用双手掐死对方，警方就能根据留下的指痕的大小和长度推断出凶手的身高。所以杀由纪夫时也用的胳膊。

"为什、么……"

聪口中发出细微的声音。

"你问……为什么？"真琴继续收紧手臂，"因为你……很可怕。"

聪的身体传来一阵小小的痉挛，然后突然变重。真琴松了一口气，松开了胳膊。屋里顿时臭气熏天。刚让他去撒过尿，所以没有尿失禁，但大便出来了。真琴慌忙抬起聪的双腿，确认是否有污物渗进地板。好在除了衣服，其他地方都没弄脏。

真琴留意着不要弄脏四周，熟练地脱下幼童的裤子，把内裤连同大便一起拿到厕所，冲走。脏内裤放进塑封袋里，再把已经一动不动的聪的身体翻过去，用湿巾擦拭他的屁股。刚想拿到厕所冲走，真琴突然想到一件事：湿巾不溶于水，万一被发现，有可能会成为证据。于是把湿巾也放进了塑封袋。

趁尸体还柔软，把衬衫之类的也都脱了。空调开热风，调到最高温度三十度。让尸体尽可能长时间地保持柔软，处理起来更方便，这点是杀由纪夫时发现的。

脱完聪的衣服，真琴马上换上一套黑色防水风衣，戴上泳帽、紧口乳胶手套、泳镜和立体口罩。指纹自不必说，还要防止衣服纤维、头发、睫毛和唾液附着到尸体上。

把聪搬到浴室，放到提前铺好的塑料薄膜上。接着真琴揪起他的性器官，用剃刀刀片来回割。从学校实验室和实验用品店就能买到解剖刀，锋利的刀具也到处都有卖。但为防止留下线索，真琴没有用特殊工具。

皮下组织韧性很强，但最终还是成功割下来了。手套被鲜血染红。真琴把割下来的东西轻轻放进塑封袋。为了能清楚看见里面的东西，塑封袋选了透明度很高的那种。

打开喷头，用热水把血迹冲干净，并清洗聪的全身。房间里的尘土、头发、唾液——不知道尸体上会附着些什么。真琴用肥皂将尸体的头发、腋下、腹股沟、肛门、脚底……仔仔细细地冲洗干净。

这样应该就没问题了吧。

关上喷头。下水口事先贴了一次性下水道过滤纸，这样毛发就不会流出去了。有时证据会在下水道口或管道中被找到，所以要尽量不让这些东西从下水道冲走。

水都从排水口流走后，浴室突然变得很安静。真琴还戴着口罩，喘息地大口呼吸。刚才在收拾时貌似不知不觉间一直屏住呼吸。

热水加上全副武装，真琴感到身子很热。但多亏一直开着浴室的换气窗，没捂出汗。令人窒息的血腥味应该飘向窗外了吧，不过真琴家在楼层角落，换气窗对面就是自家阳台。

真琴站起身，从洗脸池下边的置物柜里取出几张宠物用的吸水垫，再次擦拭尸体。这是以前养狗时剩下的，考虑到之后再养恐怕还会用到，就留着没扔。这种纸的吸水性很好，而且不用担心附着上纤维。

真琴将洗干净的尸体挪到洗漱间，横摆在铺好的宠物吸水垫上面，然后举起拍立得相机，按下按钮。照片渐渐显现出来。这是留给自己的证据，证明聪已经不在人世了。

接着返回客厅，先将一个特大塑料袋铺在护具袋中。

这样就行了。把聪搬进来吧——

刚要往洗漱间那边走时——

玄关传来"咔啦咔啦"用钥匙开门锁的声音。

"啊，冷死了，秋天马上就要过去了呢。"

是妈妈的声音。

妈妈竟在这时回家，真是失算。杀由纪夫时，为了避人耳目深夜去弃尸，但案发以后夜间巡逻加强，必须钻空子避开那个时间段。而且不能耗时过长，避免聪的母亲注意到他失踪了。如果街上进入警备状态，就完全无法弃尸了。所以，这次真琴的计划是趁早上的空当先把他弄来，再趁天黑之前处理干净。

"啊？真琴在家吗？"

妈妈的声音越来越近。真琴一边后悔没锁上U形锁，一边快速跑到洗漱间，连着宠物吸水垫一起把尸体拖进浴室。

"啊，你真在家啊。我回来啦。"

浴室门刚关上，妈妈就走进了洗漱间。真琴也总算赶在这之前摘掉了帽子和泳镜。

"今天没去打工吗？"

妈妈开始洗手，就在刚才真琴处理男童尸体的地方。

"今天是早班。说起来，您那边今天怎么这么早？"

尽量装作平静。

"会议结束得早。没忍住在特卖会上买了巧克力，要吃吗？"

"啊……不了。"

妈妈会不会去浴室啊，真琴只担心这个。但妈妈关上水龙头，擦着手转向真琴。

"你脸色不好啊。感冒了？"

"就是有点累，刚睡了一会儿。"

"发烧了？"

妈妈一手覆在真琴的额头上，随后显露出放心了一些的表情。

"好像没发烧。啊，你开着空调？"

妈妈似乎听到从房间里传来的空调声了。

"不会吧……很冷吗？"

"都说了没事。"

母亲不住地看向真琴的脸上和房间里。

"真没事吗?"

"嗯。我想泡个澡,暖和一下。"

"那我给你准备热水。"

"不用!"

真琴赶忙阻止要往浴室走的妈妈。

"不用,不用!让我自己待一会儿。"

母亲目不转睛地盯着真琴,口中却说:"哎呀呀,青春期真是难对付啊。"苦笑着往客厅方向走去。

电视声音刚一响起,真琴就拿着护具袋回到了浴室。将尸体折叠起来放进去,拉上拉链时真琴不禁放心地长出一口气。打开喷头冲走地上积存的血迹,再倒些洗洁剂用海绵擦拭,最后喷一遍漂白剂,角落也不放过。

"我出去一下。"

真琴拎着护具袋,在玄关处打了声招呼。

"啊?没事吧?"

妈妈的声音混在电视的声音中。

"没事。马上回来。"

"好……路上小心——"

身后传来妈妈拉长语调的声音,真琴已出门走上了公寓的楼道。

装的明明是同一个人,可护具袋比几小时前拎到家里时重了好多。

不管是死是活,体重明明不会变啊——不,还有说法说灵魂的重量是二十一克呢，失去了生命的身体为什么如此沉重呢？

乘电梯到一楼，先往垃圾场的方向走。真琴用钥匙打开投物口，把装着孩子衣服、内裤、鞋、湿巾和宠物吸水垫的塑料袋扔进去。里面响起"咯吱咯吱"的金属音，电机启动了。

"把垃圾扔进这里后，垃圾马上就会被粉碎。"

真琴想起刚入住这个小区时，管理员在说明会上说过的话。

"所以，若是错扔了重要的东西，就算哭也无济于事了哦。因为一旦扔进去，就会马上变成粉末。"

关上投物口后不久电机声就停止了。真的就只是一瞬间，证据销毁了。等下周初工作人员来回收垃圾后，就真的毫无破绽了。

走出公寓楼，来到悠闲的郊区街道。来来往往的行人应该不会想到真琴竟拎着男童的尸体走在路上吧。刚才被警察叫住，并打开护具袋给他们看过了，真是幸运呢。

这次真琴决定把尸体丢弃到一所废弃医院。那栋建筑正在拆除，大概拆了一半了，但怕吵到近邻，所以周末停工。而且那处废墟在一个小斜坡的尽头，除了觉得有趣去探险的孩子之外，没人会去。小心些的话应该不会被任何人看到。

在爬坡之前和爬到顶时都谨慎地观察了一遍四周，确认没人之后，真琴飞快地戴上帽子、泳镜、口罩和手套，然后披上防音防尘布，一边留意碎玻璃和混凝土块一边往里走。最终选定了一块比较平整的地方放下护具袋，将聪从袋子里取出来，尽量让他横躺在比较平的地面上，再一次用漂白剂擦拭尸体全身。

安心的感觉。甚至要涌出眼泪来。真想留下来就这么一直看着聪。

可此地不宜久留。确认四下无人后,真琴走出了这片废墟。快速摘下帽子,下了坡,一路从小巷走到大路,混入街上的路人中。

太好了,这下结束了——

可是不安马上袭来。安稳平和的心情这次又能持续多久呢?

一回到学校,真琴就穿戴上之前放在柜子里的胴甲和护具,向剑道场走去。剑道部成员基本已经到齐了。真琴开始挥剑,做准备运动。可是一直到开始训练的时间了,绵贯依旧没有出现。在大赛前的训练中迟到,这可不是他的风格。

"绵贯今天请假了?"真琴向身边名叫高城的高一女生问道。

"没听说请假啊。请等一下。"

高城往放个人物品的架子那边跑去,拿了手机。

"啊,发Line说要请假,说都拜托真琴前辈您了。"

"啊,真的?"

真琴也拿出手机慌忙确认。信息写得非常详细,连今天的特训条目都写好了。跳跃挥剑、基本打、地稽古[①]——

"真是的。那差不多咱们就开始吧。"

[①]地稽古(じげこ)指剑道练习中老师和学生自由实战的时间。

"好——那个,前辈,您脸上怎么了?"

"啊?"

高城特意拿出隐形眼镜盒,让真琴照。左边脸上有一道若隐若现的红线。

真琴感到后背一凉。

什么时候?什么时候受的伤?打完工在衣物柜照镜子时还什么都没有。这么说——是勒死聪时被挠到了吗?

尸体洗净擦干了,可对指甲的处理够仔细吗?

还有时间再回废弃医院一次吗?聪失踪的事警察已经得知了吗?

大脑在飞速运转的真琴似乎听到了警笛声,越来越近——

13

保奈美从公寓楼大门出来,朝男人所在的方向走去。能看见有个穿着白色夹克外套的身影走过前方的路灯光圈下。保奈美走在暗处,避免路灯照到自己,加快脚步跟在那个男人身后。

要保持一定距离,留意着不发出脚步声地跟在他身后。住宅区一片安静,没有一户人家开灯。在这四下无人的夜半时分,对方若回头看见身后有人,肯定会心生戒备。

男人手里拎着一个黑色大包。

他径直穿过住宅区,走进了广阔的田地,打开手电筒照着脚下,继续往前走。保奈美躲在离得稍远的电线杆的影子里,用望远镜窥视。

农田有分区,编了号。男人用手电筒确认写有编号的牌子,最后停在了"4"区。他把手电筒放在脚边,蹲下身子,从包里取出了什么东西,叮叮咚咚地活动起来。不久后又站起身来,从放在田垄正中间的红色箱子里取出个细长的东西。应该是铁锹吧。男人开始铲挖脚下的地面。

男人挖了大概一垄地,然后收起工具,啪嗒啪嗒地穿过农田,走回到大路上。保奈美慌忙躲起来。

男人关上手电筒后,四下顿时一片黑暗。他沿着大路走下一条缓坡,保奈美也跟着他走过去。走了约二十分钟,男人在一栋公寓前站住了。这栋公寓共两层,外侧有铁楼梯,感觉像昭和时期的建筑。男人打开集体信箱,取出几封信件。

这下知道他的住处了。

保奈美过于兴奋,呼吸都急促起来。

男人站在原地挑拣信件,把好几封信扔进了邮箱底下的垃圾桶。之后他从楼梯下面钻过去,走到一楼最边上的房门前,拿出钥匙开门进去了。门旁边的小窗户马上透出灯光。

保奈美快步走到信箱边,看向下方的垃圾箱,然后取出了扔在最上面的广告邮件。

东京都蓝出市荒井町一条一号 蓝出小区一〇三 蓼科秀树先生

"蓼科……秀树。"保奈美低声念道。

为方便住户丢弃无用传单而放在这里的垃圾桶都满得快溢出来了,恐怕好些天没人清理了。保奈美直接抱起垃圾桶,走到稍远处的巷子里,一个底儿朝天倒空,一封一封搜寻寄给蓼科秀树的信件或明信片。

男士服装店、理发店、保险广告……都是些普通的广告邮件。这些东西没什么价值。

保奈美把传单和信件又装回垃圾桶，搬回信箱下方。蓼科秀树家里的灯还亮着。

回家途中她又去田里看了一次。

用手机拍照功能里的闪光灯代替手电筒，保奈美开始寻找"4区"。

——在这里。

写着"4"的白色标识牌。红箱子。田垄有四列，都长着绿色菜苗。保奈美借着手机的光仔细端详男人之前蹲下的地方，就看见那里种着小小的菜苗。

真的只是来干农活儿吗？

不——可是——

看这片田地的状态，应该是没怎么花心思照顾。没有架子，疯长的藤蔓上结的果实少得可怜。明明才翻过土，可田垄的土壤明显十分坚硬、处处开裂。保奈美又看了看两边的田地，和这个区完全不同，都青葱茂盛。土壤被很好地耕耘过，田间撒有白色颗粒，像是化肥。

只有蓼科的区域不在状态，让人觉得不可能丰收。

若是如此，为什么他要租菜园呢？

而且还故意选在半夜干活儿——

想到这里，保奈美的身体突然抖了抖。

蓼科的公寓离这里步行二十分钟。保奈美的家在相反方向，步行十五分钟。也就是说，男人是故意穿过田地，在保奈美的公寓附近徘徊，然后再走回去。

田地应该是个幌子吧。

半夜在这片安静的区域走动很显眼，所以故意租了片菜地，当作借口。连警察也被骗了，不是吗？

保奈美的目光不经意间落在了红箱子上，打开一看，里面装着铲子、铁锹、耙子等农具和液体、粉末的农药。

工具齐备，跟菜地的状态完全不搭。还是很不自然。而且这些东西都能成为凶器。警察恐怕也看过这个箱子，这样竟然还没带走他，真是让人无法理解。

保奈美心怀对警察的愤怒和憎恨，在工具箱里翻找。这里边是否还有更可疑的东西呢？沾有血迹或人类毛发的——

一边如此期待着一边寻找，但除了粘有泥土的工具外，什么都没有。

——要找到决定性证据。

回家的路上，保奈美擦拭着沾满尘土的手，心里这么想着。

——得找到让警察出动的证据。

晴朗的周六。幼儿园一开门保奈美就把薰送进去了，她决定去蓼科的公寓。她还想到也许要长时间埋伏，便告诉幼儿园老师今天要晚点来接薰，又在自家餐桌上留了一张字条，写着"突然来了件口译的工作，今天晚归。晚饭在冰箱里"。

保奈美从背阴处悄悄窥视公寓。那扇门旁边的窗户虽然关着，但透过磨砂玻璃可以看见不时有人影晃动。

保奈美观察了约三十分钟，就慢慢走过去，绕着公寓转了一圈。因为若是一直站在一个地方，肯定会被怀疑。

每过三十分钟她就绕一圈，再回来，如此重复。公寓里传出的电视声很响，不知道是不是来自蓼科的房间，也不知他今天是否计划出门。早已过正午，快到两点了，保奈美就要等不下去的时候，玄关的门终于开了，蓼科出来了。

男人锁上门，这期间保奈美一直目不转睛地盯着他。就算从远处，也能看见他手中摇晃的荧光粉色的钥匙扣。

男人走开后，保奈美按捺住急迫的心情等了数十秒，然后以刚好能跟上他的步速跟了过去。男人直接走上了通往车站和县级公路的大路，来往的行人渐多，混在人群中跟踪他倒是很容易。

蓼科走进了一家快餐店，保奈美也毫不犹豫地跟了进去。这家店总是很多人，或许是因为附近没有其他快餐店了。而且总是有许多年轻人，特别是像今天这样的周六下午，座位都被初高中生占据。

蓼科似乎估量了一下点单处排队的长度，决定先去占座，但找了半天也没找到。保奈美看见他表情焦急地四下张望，终于发现垃圾台旁边有个二人座小桌空着。蓼科迅速从兜里掏出烟盒和打火机放在桌上，接着转身去点餐了。

那个座位旁边坐满了人。保奈美很想坐得离他近些继续观察，但没办法，只能放弃了。

在外边等呢？可是这家店有前后两个门。还是假装犹豫选餐，留在店里吧——

正在思考各种对策之时——

她发现烟盒和打火机下面有个荧光粉色的东西。

——难道是……钥匙？

保奈美咕咚咽了一口唾沫，回头看向前台。队很长，蓼科正在玩手机。保奈美再次看向蓼科占的座位。有垃圾台挡着，从前台看不见。保奈美下定了决心。

她从外套兜里掏出手套戴上，装作和蓼科是一起的，很自然地坐在了那个座位上。旁边貌似情侣的年轻男女正打得火热，完全没在意她这个中年妇女。保奈美装作想看烟盒，拿起烟盒，下面正是拴着荧光粉钥匙扣的钥匙。

——果然。

保奈美快速拿起钥匙塞进兜里，然后把烟盒原封不动地放回去，起身离开了座位。走了几步之后她悄悄回头看去，旁边的情侣还脸对脸黏在一起，蓼科还在前台排队。确信没被任何人发现，保奈美从后门走了出去。

虽然心脏怦怦跳，可头脑很冷静。她清楚地知道自己应该做些什么。

保奈美急忙赶往车站前，那里差不多什么店铺都有。此次的目的地是挂着"快速修理"招牌的修鞋店①。

"我想配一把备用钥匙。"

保奈美把显眼的荧光粉钥匙扣拆下，把钥匙递了过去。表情冷漠的男店主一言不发地动手操作。保奈美心神不宁地等待钥匙配好。她现在心中很忐忑，怕蓼科追过来。

"五百日元。"把之前的钥匙和配好的钥匙一起摆在柜台上后，男店主说。

---

① 日本的小修鞋店还提供配钥匙、磨刀、修雨伞等相关业务。

这么快就配好了？保奈美吃惊地付了钱，离开了修鞋店。

手里握着两把钥匙，刚配好的那把还留有机器的温度，热乎乎的。保奈美觉得那温度给了自己勇气，她回到了快餐店。蓼科正坐在座位上嚼汉堡，看上去并没有发现钥匙丢了。

保奈美把重新装上了钥匙扣的钥匙递给收银台的店员，说道："那个，这个好像是别人丢的。"

女店员接过去，说："啊，谢谢您。"然后叫来了男店长。店长马上在店里边走动边大声询问："有哪位客人丢了钥匙吗？"

几乎所有正在吃东西的顾客都突然停下，开始在包里或衣兜里翻找，蓼科也不例外。他把夹克外套的衣兜和牛仔裤后兜都找了一遍，举起手说："啊，是我的。"

"抱歉这位客人，为以防万一，您能说一下钥匙扣的特征吗？"

"是亮粉色的，挂着个绒球。"蓼科没好气地回答，声音令人不快。

"好的，给您。"店长微笑着递给他钥匙，返回了收银台。

保奈美长出一口气。男人没有注意到钥匙被人拿走过，当然也就不会想到有人配了一把。

终于逮到机会了，保奈美不禁得意地一笑。

真想现在就去他的公寓里搜寻一番。可是他在这家店里吃完之后可能会马上回家，可不能被他撞见。

蓼科吃完饭，打着哈欠玩了会儿手机，然后慢悠悠地站起来，扔掉垃圾，走出了店门。

蓼科走了一会儿，进了一家加油站，跟负责加油的员工说了声"辛苦了"，就去了店面后方。

原来他是在这里工作啊。

片刻之后，换上一身黄色工作服的蓼科走了出来，马上开始引导开进加油站的车辆。

这么说来——

保奈美舔了一下干燥的嘴唇。

接下来的这段时间里，那家伙的家里没人……

保奈美离开加油站，径直朝蓼科的公寓走去。

进了蓼科的房间。

窗帘紧闭的昏暗房间中充斥着酒臭味。保奈美站在乱七八糟躺着好几双鞋的狭窄门厅，窥视里面的房间。六席大的狭窄房间杂乱不堪，门厅边是极其简易的厨房，洗碗池里堆叠着空泡面碗。

她鼓起勇气走进房间。到处是揉成团的纸巾、零食袋、杂志和脱下来随手乱丢的脏衣服，保奈美避开这些，走到房间中央。矮桌上的烟灰缸里，烟蒂堆成了山，旁边放着剩半瓶的烧酒，以及好像好久没洗、已经不透明的玻璃杯。

床上的被子应该是从没换过，枕巾上都是油渍，一股酸臭味。被子周围扔着好几本色情杂志。摊开的杂志内页上是让人无法直视的、如野兽般进行性交的巨幅照片。

肮脏。

令人恶心的房间，真想早点离开。但不能走。得去挖掘更多蓼科的东西。

保奈美用戴着手套的手拉开壁橱。皱巴巴揉作一团的衣服和内衣、杂志和漫画、老款游戏机等，杂乱地堆在那里。

为了翻动后能恢复原状，保奈美先用手机拍了几张房间和壁橱里的照片。然后她卷起袖子，翻找壁橱中的物品。拿下上边的衣服，露出团成一团的床单和毛毯，下边还有好几个摞在一起的瓦楞纸箱。

先从第一个箱子下手。里边塞着旱冰鞋、旧手机、数码相机之类的零碎破烂。还有会员证等卡片类的东西。捡起来一看，竟还混杂着过期的学生证，上面是穿着校服的少年时代的蓼科，还写着出生年月日。他才十九岁啊。可这个房间如此脏乱、颓废，真看不出房间的主人是个拥有大好青春的青年。

保奈美将每个箱子里的物品都一一确认了一遍，可最终并没在壁橱里发现什么有价值的东西。她再次环顾房间，除了壁橱，就没有其他像样的收纳式家具了。不过地上还散落着许多杂物。

保奈美的视线飘向厨房。

难道——

她留意着脚下，朝厨房走去。其实只是个一席左右、用粗糙木板搭出的隔间。脏乱的洗碗池底下有个对开门的柜子。保奈美打开柜门。

有一本相册和五个只印有"DVD-R"字样的光盘盒，整整齐齐地摆在那里。这个脏乱不堪的男人只整理了这一处地方。这里肯定藏着蓼科的秘密，直觉告诉保奈美。

她拿起相册，翻开看。是本活页相册，每页都放着两张普通尺寸的照片。

每张照片上都是女孩子，不是对镜头摆好姿势拍的，而是在走路时或买东西时偷拍下来的。恐怕本人都没有意识到被人拍了。照片上既有穿着校服的初高中学生，也有穿便服的，各种各样。还有好多张刚好能看见裙底，十分猥琐。

这些照片应该是用数码相机拍摄的，之后再用家用打印机打印了出来。

保奈美眉头紧锁，继续翻动着相册。突然，她的手停住了。

女儿的照片。

大脑一片空白。

宝贝女儿的照片，在如此肮脏的男人的手中——

或许是偷拍的，照片中的女儿正和朋友开心地相视而笑。

保奈美强忍恶心合上相册，又将颤抖的手伸向DVD光盘盒。与女孩子们的照片一同被如此用心保管的DVD里到底拍了些什么呢？不知为何有种不好的预感。她拿出一张DVD，走向电视。打开影碟机的电源，插入光盘，按下播放键，屏幕啪地显示出人类的皮肤。

没过多久她就反应过来，这是女性的裸体。体型依旧稚嫩的陌生女子全身赤裸，被同样赤裸的男人按倒。女孩子双手被绑住，嘴被堵着，即便如此依旧在拼命反抗。从那绝望无助的表情可以看出，这并非正规拍摄的AV作品。

画面中的男人正是蓼科秀树。虽然发型不同，面容更孩子气,但就是他本人没错。

女孩子的双眼溢出泪水,或许刚被施暴,身体上带着汗水和鲜血,还布满小伤口。女孩子挣扎着用被绑住的双手捶打蓼科的肩部,蓼科马上反击,挥手扇了她一巴掌。

然后蓼科指向摄影机的方向,女生噙满泪水的双眼惊恐地瞪大了。蓼科看着女生绝望的表情,像是觉得可笑,又像是很满足,他笑着再次开始对女生进行蹂躏。

在电视机前的保奈美气得发抖。她感到全身的血液都退去了,打击如此巨大,让她觉得似乎连头发都变白了。

屏幕中女生的脸在保奈美眼中与女儿的脸重合在一起,影像中女孩子的悲鸣在她耳中成了女儿绝望的哭叫。

忍无可忍的保奈美关上了电视。但即便电视屏幕变黑,蓼科残忍的笑容、陌生女孩因恐惧而僵硬的表情和遍布鲜血和伤痕的身体还是烙印在了保奈美的脑中。

太可怜,太可怜了。

保奈美用手捂着嘴,压着声音呜咽着,泪水止不住地往下淌。

她该多害怕啊,该多不甘啊……这之后那个孩子怎么样了呢?女性的自尊被践踏,心灵被扼杀,这之后她在何处、是如何度过每一天的呢?

请你一定要好好地活下去啊。还有,希望你能得到幸福——

保奈美蜷着身子,一边流泪一边发自内心地祈祷。

畜生。

这个男人就是个畜生。

保奈美毫不犹豫地握紧了手机。真想让警察快点儿逮捕他。这张DVD就是证据。虽然不能成为由纪夫案的证据，却是确凿的强奸的证据。只要有这个就能让警方逮捕蓼科，就能保护女儿了——

但她刚要拨电话报警时，突然迟疑了。

强奸是亲告罪。被害者不提出控告就无法立案。

也就是说，光有DVD，还是没法逮捕他？

暴力侵犯罪呢？仅凭DVD就足以逮捕他了吧——不不，暴力侵犯就算立案了、把他逮捕了，也很快就会放出来吧。这样就毫无意义了。

保奈美灰心地把手机收了起来。

虽然看到了女儿的照片让她慌乱失措，但此时一定要谨慎。就算是为了那个受害的女孩子，也要有效地利用这张DVD。这是自己的使命。冷静下来想想，要是报警，自己偷配钥匙、非法入侵这件事也不得不提了。

要想一个方法，切实、安全地把蓼科干掉。

保奈美的内心总算平静了下来，将DVD收回洗碗池下方。想起女儿的照片，她曾有冲动把那张照片从相册中抽出去，但若被蓼科发现就全完蛋了。迟疑了许久，她还是决定先原封不动地留在那里。

把从壁橱拿出的东西复原后，保奈美走到玄关，透过门旁的窗户确认外边没有人之后，走出了房间。锁上门，她朝家的方向走去。

看着吧,我一定会保护女儿的。

然后就不会再有受害者了。

此时的保奈美丝毫没有意识到,第二个孩子已经被杀害了。

14

蓝出市幼儿连环杀人案搜查本部。

周日早上,张贴在蓝出警署大厅入口的宣传页换了。坂口痛苦地望着。"蓝出市幼儿遇害案"竟成了"蓝出市幼儿连环杀人案"。

新的幼童尸体是周六午夜被发现的。先是接到母亲说儿子失踪的报警,接着一名在附近搜查的警察发现了尸体。尸体被遗弃在正在拆除的医院旧址。尸身被洗净,用稀释过的氧系漂白剂擦拭过,而且和之前那起案子一样,性器官遭到了损坏。警方认为两起案件为同一凶手所为。

竟然出现了第二个受害者,真是令人愤怒。媒体也有所觉察,聚集到了警署门口。所以才破例一早就召集大家召开紧急搜查会议。

"说发现了三本木聪的尸体,是真的吗?"

谷崎面色苍白,没化妆也没梳头,一副接到电话后急忙赶来的样子。

"嗯。"坂口痛苦地回答。

"真不甘心！"

谷崎一脚踢在墙上。昨天晚上接到聪的母亲三本木那奈的报警，说儿子不见了，蓝出警署的警员们马上出动展开搜索。当然，坂口和谷崎也通过手机收到了相关信息，包括聪的照片，于是他们一边继续调查一边注意搜寻聪的身影。

凶杀案的搜查方向在向由纪夫的父亲倾斜，但坂口和谷崎有意地以凶手另有其人为前提进行调查。这是出于绝不能放过真凶的意愿，不过其实两人心中都希望凶手就是那个父亲。因为倘若凶手就是父亲，他已在警方的掌控之中，有人监视他。也就是说，今后不会再有新案子发生了。

可是新的尸体完全推翻了这一可能，没能防止新案件的发生对警方而言更是一记重创。

"还有……那个……真的吗？这次的尸体——"

谷崎还没说完，就听到大厅中有人招呼："喂，开始了。"

刑警们全都是一脸的不甘心，坐到了座位上。

"如大家所知，昨天失踪的三本木聪，尸体被发现了。"

里田握着话筒，表情极度痛苦。

"地点在白田医院旧址——就是这里。"

投影的地图上有个红色的标记。

"发现尸体的时间是今天凌晨一点。聪最后一次被人看到是在昨天早上九点刚过，推测死亡时间是昨天下午两点到四点。鉴识课，请说明一下尸体状态。"

鉴识课的警员起立。

"尸体全裸，与由纪夫一样，仔细清洗之后用氧系漂白剂擦拭。杀害方法也相同，压迫颈椎致死。未发现指痕，也无线绳等绳状物留下的勒痕，推测是从背后用手臂压迫致死。此外，性器官同样被切掉，断面一致。也就是说使用了同类型的刀具，即剃须刀。从这些可以判断，是同一人实施的犯罪，应该不会错。只是，这次与之前的由纪夫案也有比较大的不同点……"

鉴识课的男警员停了下来，一脸阴郁地将一张照片投影在前方的屏幕上。

谷崎声音颤抖地小声念道："果然是真的。"

"这一次，尸体的手指被切掉了。十根手指全都被切掉了。与性器官一样，应该是杀害之后，对尸体进行了破坏。"鉴识课的男警员补充道。

"是一刀剁下的？"里田插了一句。

"嗯，是的。"

鉴识课的警员放大画面。

"骨头都断了。从断面来看，没有来回锯动的痕迹，不是手术刀那样的医疗器械或锯子。而是非常锋利，又有一定厚度的刀具。像是从上到下一刀剁断的。孩子的手指比大人的手指纤细，普通的家用菜刀也完全可以达到这种效果。现在我们正在确定刀具的生产厂家。"

光是想象心里就很难受了，对凶手的愤怒喷涌而出。

"这么说来，切下性器官和切掉手指，使用的是不同的凶器。"里田说。

会议的气氛算平静，但他发红的眼角已经在表达对凶手的恨意了。

"是这样的。性器官是用类似剃须刀片的东西,来回切割割断的。"

鉴识课警员说这句话时,谷崎边点头边在笔记本上写下"性器官——剃须刀片 手指——菜刀类?"

"死者被害的时间段……矢口由纪夫的父母还在蓝出警署吧?"里田跟负责人确认。

"是的。有我们的警员看着。所以矢口由纪夫的父亲应该是清白的。"

厅内响起一阵沉重的叹气声。

凶手另有其人。

他正在某处,嘲笑着警察。

对这一画面的想象闯进了刑警们的内心。

"重回原点了吗……"后边有人小声说出这句话。

岂止是原点,出现了新的受害者呢。唯一值得庆幸的是,没有对由纪夫父亲实施任意传唤。

各小组负责人开始汇报搜查结果。轮到谷崎和坂口这组时坂口起身了。

他汇报完搜查的进展后又加了一句。

"昨天突然想到了一件事。孩子和凶手的接触点,可能是兴趣班。由纪夫没有上任何兴趣班,聪这边呢?"

"听他母亲说,除了去幼儿园,没送去学其他的。"

"没去那些参观体验课堂或是去看比赛演讲之类的吗?我觉得最好再问下由纪夫的父母。"

"原来如此……参观或体验课堂……或许有联系呢。金井、谷部,你们俩顺着这条线去询问一下聪的母亲。由纪夫那边也拜托了。"里田分别对负责人下达了指示。

"系长,我这里还有一点。"坂口继续道,"这次聪也是突然消失,鉴于此,我推测绑架时用的应该不是汽车之类显眼的交通工具,而是用了更灵活、能够融入周围环境的工具。比如……剑道护具袋之类的。"

"护具袋?"

大厅各处响起意外的呼声。

"嗯,现在还有带轮子的那种。"

"的确,一个小孩子是能装下的。"里田认可道。

有警员举起了手。

"高尔夫球袋也可以列入考虑呢。"

"登山和远足时使用的背包也很大。"

很多人发言。坂口点点头,继续往下说:"此外,大箱子或行李箱会给人'装了个很大的东西'的感觉。但刚才说的那些包更常见,很容易忽略。所以我想去查一下附近的体育用品店和网络商店,看是否有人最近买过这些东西。"

"这附近的体育用品店大概有几家,都在什么位置?"

"我们调查过了。蓝出市内共有五家。另外,两位被害者的家附近,也就是蓝出站前有两家,县道边有一家。还有两家主要做网购业务的。"

里田看了一眼屏幕上显示的地图,说道:"知道了。既然你们都调查到这里了,那这两家店就也拜托你们调查吧。市内其他店的网购情况分给其他人调查。另外，查监控时也要留意这一点。走访时也重点询问一下是否看见拿着运动系箱包的人，或者能否想到谁经常拿着这样的包出行。坂口君，感谢你提供了新的切入点。"

"这要感谢谷崎君呢。"

坂口说完后坐下了，并像是鼓励般地冲谷崎点点头。

事不宜迟，坂口和谷崎赶往第一家体育用品店。

"为什么切割性器官和手指要用不同的刀具呢？"谷崎边走边抛出了这个疑问。

"应该是为了更容易切断骨头吧。性器官不是没有骨头吗？"

"刚才我去查了查。"谷崎将手机拿给坂口看，屏幕上是阴茎的剖面图，"虽然没有骨头，但有一层被称为白膜的强韧被膜，外层还包裹着两种筋膜。虽然只是小男孩，但也应该很难割断，实际上尸体上确实有来回反复割划的痕迹不是吗？这就表明凶手是苦战了一番才切下的。既然有能干脆地剁下手指的凶器，为何不用它来割下性器官呢？真是想不通。"

"嗯，确实啊。"坂口将手机还给谷崎，说道，"或许是对性器官有特殊的执念吧。"

"话说回来，这次为什么要连手指也切断呢？之前是考虑凶手对性器官怀有病态执念，想把它作为战利品，但手指有何意义呢？"

"或许凶手对手指也有执念呢？"

"切断手指和性器官,以此唤起性兴奋吗?"谷崎叹了口气,"这家伙到底是个什么样的人啊。"

"综合现有信息来看,应该是一个在性方面十分压抑、性格极其扭曲的人。"——这句突如其来的回答让坂口和谷崎都不禁停下了脚步。原来是摆在电器店门口的样品电视机正在播放综艺节目。

二十六英寸大的屏幕中映出一位白发男性,字幕显示他是"犯罪心理学博士汤浅典彦"。

"割下性器官并带走,这一猎奇举动显示凶手对第二性征发育前——也就是未长阴毛、性器官未发育的幼儿性器官有异常兴趣。由此推测,凶手可能是幼时受过性虐待的男性。此外,杀人后对尸体进行性侵,这点表明凶手有恋尸癖。"

"有性创伤,恋尸癖。"

两人再次迈开步往前走。

"手指的消息应该还没传出去。"

"貌似是的。"

"到头来,又是和之前那些恋童癖相似的家伙吗……"

"这种可能性很高啊。"

前方路口是铁路轨道,此时恰好栏杆落下了。谷崎望着闪烁的红色警示灯,开口道:"可不知为什么……我总是很在意这个案子。或许是凶手的两极性特征吧……嗯,总觉得有些矛盾。"

"两极性?矛盾?"

"嗯。感觉凶手确实是个恋童癖,对幼童怀有异常的兴趣，我还从某处感觉到了强烈的恨意。"

"这么说来确实，杀害之后还破坏尸体。"

"可另一方面，又能隐隐看出爱意。"

"爱意？不只是感兴趣吗？"

"嗯。凶手很温柔地对待尸体。"

"温柔？有吗？"

"怎么说呢……是一种充满女性特征的、包容的温柔。"

"你到底是从哪儿看出这些来的？"

"由纪夫的尸体被好好地摆放在瓦楞纸板上，为防止被现场的泥土弄脏，还像盖被子一样在他身上也盖上了一层瓦楞纸板。聪这边也是，身下铺着瓦楞纸板，身上盖着塑料布。还有，凶手还特意把瓦楞纸箱的摇盖部分折起来，正好垫在尸体的头下边。两具尸体都是这么处理的。"

"摇盖部分？箱子盖那里吗？"

"对。将瓦楞纸箱拆开展平后，一般想节省空间存放，就会把箱盖往里折，这样有个部分就是叠起来的。尸体的头就都放在那个部分。而那里会高一些，我觉得像个枕头一样。不过也可能只是碰巧这么放了。"

"我觉得若是凶手刻意折起来的，感觉很奇怪啊。可能原本就是折起来的吧。而你说从这里感觉到了爱意？"

"嗯，虽然我也不知道这是为什么。至于两极性呢，切断性器官和手指时使用了不同的刀具，这一点也给我这种感觉。为什么特意使用不同的凶器呢？而且是剃须刀和菜刀这两种完全不同的东西。"

"嗯。"坂口挠头道,"我也算见过许多现场了,其实同一名凶手有时就是会使用多种凶器,尝试各种杀人方法。很多案件存在两极性和矛盾点。"

"这样啊……那或许是因为我现场经验少,所以才很在意吧。"

这时谷崎的手机响了。

"该设成静音的吧。"

"抱歉。"谷崎取出手机,看着来电画面皱起眉。

"怎么了?"

谷崎没有回答,直接将手机拿给坂口看。是之前那个报警的女人。

"要我来接吗?"

"我来吧。喂,您好,我是谷崎……您太客气了……嗯,是的,有新的受害者……是。"

是来抱怨的电话吧,坂口在心里叹了口气。一发生案件,就会有人认为警察在怠工,于是打来电话投诉,这种事之前也有过。

"什么?您看到了?"

谷崎的声音变了调,并急忙从兜里掏出笔记本和钢笔。坂口也将耳朵贴近她的手机。

"能麻烦您详细说明一下吗?"

——昨天下午两点,看见一个穿白色外套的男人牵着一个男孩子的手。那时觉得可疑,就跟踪了他们,结果跟到了白田医院,亲眼看见那男人把男孩子勒死了。

"您确定是同一个人吗?"

——嗯,没错。这次你们该把他抓起来了吧?

谷崎和坂口对视了一下。说是同一个男人,那指的就是蓼科秀树了。

早有同事去确认过蓼科的不在场证明了。他昨天下午两点左右去了一家快餐店,在那里待了大概四十分钟。好像把钥匙弄丢了,所以店员对他有印象。用餐后徒步去打工的加油站,从三点工作到深夜。虽然从快餐店到加油站那段路途没人能证明,但那里距离弃尸现场白田医院很远,时间上不太赶得上杀人、施暴、处理尸体,所以不在场证明成立。

若这通电话里说的内容是真的,那就得考虑两种情况。一、那个男人并非之前那个人,即蓼科秀树。而是两个不一样的人。二、她说的时间段有错。

"我再跟您确认一遍。昨天,也就是周六,下午两点左右您看到的,是吧?"

——是的。

谷崎看着坂口,摇了摇头。下午两点的话,不可能是蓼科。

——还有啊,有个特别重要的信息。

对方加重了语气,能感受到接下来要说的话的严重性。

——那个男人叫蓼科秀树,是个强奸魔。

坂口和谷崎吃惊地对视了一下。

——他是个危险的男人。除了那家伙,没人能做出这么残忍的事。所以请现在马上逮捕他。求求你们了。

谷崎瞥了坂口一眼。坂口点点头。

"这个我们知道。但是——"

他们都听到电话那边人惊得吸了一口气。

——警察一直都知道？知道，还放任不管？

"不，不是的，要有确凿的证据才——"

——为什么不逮捕他呢？

"我们正在调查。就目前掌握的情况来看，还没到逮捕的程度。"

——可是。

对方咄咄逼人，似乎不达目的誓不罢休。

——可是他杀人之后好像还埋了什么东西，就在住宅区旁边的农田里。请你们去那边搜索，肯定能在那儿找到证据——

"明白了。我们会去调查的。那个，我也有一点疑问，可以问您吗？"

——嗯，请问。

对方的声音从听筒中传出来，听上去坦坦荡荡。

"您真的亲眼看见那个男人把孩子勒死了吗？"

——是啊，我不是说了好多遍吗？

"那您为什么没有当时马上报警呢？"

对方沉默了。

——那是因为……

对方尴尬地支吾道。

——因为我没太看清楚。想着要是认错了就不好了。

一下子又没那么干脆肯定了。坂口无奈地摇摇头。

这个人没有亲眼看见。多半是看了新闻,知道了行凶时间和抛尸地点,便无论如何也想把罪行扣到那个男人头上,于是打来电话的。

"这么说来,您并没有看清楚,对吧?"

——算是吧,或许。

之前穷追不舍的气势荡然无存,对方匆忙挂断了电话。

"辛苦了。"坂口慰问道,"真是吓了我一跳啊。"

"嗯,可是她是怎么知道那个人是蓼科的呢?"

"或许是听了附近的传言吧。如今啊,就算是未成年人,也能在网上搜到照片和真名。主妇的情报网可不能小觑呢。"

"得知本来就认为可疑的男人是强奸犯,一般人可能都会认定他就是本次案件的凶手。"

"所以明明没有亲眼看到,还是打来电话,诉说脑海内关联起来的信息。唉,这种报警电话挺多的,现在警署里的电话应该正铃铃铃响个不停呢。"

"我还很期待呢,以为是真正有用的信息。"

谷崎遗憾地收起笔记本,两人再次迈开步子向体育用品店走去。

二人走进第一家体育用品店,说明了来意,店主的脸色不太好。

"我这边肯定是想全力配合,但涉及个人信息啊,要是警察以我们店提供的客户名单去联络客人,会给客人添麻烦的。"

"我们并不是想让您提供所有客人的名单,只要购买过护具袋或高尔夫球袋等大袋子的客户就行了,希望您告知。"

"可是啊,我们店的客人中可没有可疑人员啊……"

店主虽然嘴里嘀嘀咕咕,但还是拿出了账簿。这位上了年纪的店主好像没有使用电脑管理客户信息。

"话说,护具袋和高尔夫球袋这种东西不是每天都能卖出去的。要查到多久以前呢?"

"这样啊,半年前左右吧。"

"半年?"

店主戴上老花镜,摊开了账簿。

翻了几页后,一直盯着订购单的谷崎"啊"了一声。

"看这个。"

那张账单上写着"田中真琴"。购买的商品是护具袋。订购日期是三周前。取货日是上周六——由纪夫被绑架并杀害的日子。

"可是田中君的护具袋感觉用了很久啊。"坂口说。

"是啊。咱们见到的那个装满了护具,看上去用了有一段时间了。也就是说,田中君还有一个护具袋。"

谷崎抚摸了一下账单,仿佛这张纸上藏着重要的答案一样。

"然后,这一天,田中君拿着刚到货的、空的新袋子……"

二人的头脑中有个想法正渐渐成形。

15

周一放学后。

教室里,班主任佐藤老师正与真琴的母亲相对而坐。

"志愿是国立或公立大学的理科系,对吧?"

"是的。劳您费心了。"

这一天有升学志愿面谈,学生家长也要参加。

"已经大概想好去哪所大学了吧?"

佐藤老师对真琴的语气亲切起来。

"啊,还没……考虑在东京近郊的。"

"嗯,田中君应该有希望进很好的大学。"佐藤老师翻看着学生成绩册和模拟考试结果订成的资料,"国立和公立大学的医疗系必须要学理科的扩展学科,不过田中君很擅长这类。尤其喜欢生物,对吧?"

"嗯啊。"

"老实说,我不太担心田中君的升学问题。你成绩很好,踏实,也很努力。"佐藤老师语气随便地称赞着。

真琴却出神地盯着桌子。

"真琴？"

被妈妈碰了一下膝盖，真琴猛然抬头。

"怎么啦，田中君竟然走神了，真是少见啊。"

"啊……没什么。"

"这可不行啊，关乎你的未来啊。"妈妈也苦笑道。

"对不起。您刚才说什么？"

"是在夸你啊，夸你呢。说你成绩好，踏实。"

"是啊。被称为魔鬼佐藤的我在夸你呢。你没听到可真是遗憾啦。"

佐藤老师大笑。

要在平时，真琴一定会跟着一起笑，或是乘机说些打趣的话。要问为什么，因为第一个管佐藤叫魔鬼老师的就是真琴。但不是憎恨老师而起外号，那时真琴是亲切地在老师本人面前说出这个昵称的，佐藤老师自己貌似也很中意这个称呼。在这个学生和教师关系疏远的时代，被学生所敬畏的同时也能一起调侃，这种体验着实珍贵。

"真的……非常感谢您。"

但此时真琴面无表情，费尽力气才说出这么干巴巴的一句话。

"怎么回事啊，不像平时的你啊，真琴。怎么啦？发生什么事了吗？"

佐藤面露担忧地探头看着真琴的脸。

"啊不，什么事都没有，只是有点走神了。"真琴慌忙用微笑掩饰，摇着头说道。

"真琴可真是的,就跟事不关己一样。这可是关乎一生的大事哦。"妈妈语气郁闷地责备。

"算了、算了,真琴妈妈,您也不能想着这就决定一切了。逼得太紧,孩子会得考前综合征的。而且这次面谈的主要目的,其实也就是确定高三的课程。田中想去的是国立公立大学,就算情况有变,再换成私立大学的课程也比较容易。您不必那么担心哪。"

佐藤老师劝住了真琴的妈妈。

"以护理系为目标,也是在切实放眼未来之后做出的选择吧。我觉得这很像田中你的选择呢。"

"不知为什么就突然说想当护理师,真是吓了我一跳呢,不过真琴应该有自己的想法吧。"

佐藤老师和妈妈的谈话就此扩展开来。真琴再次心不在焉,最后只是做出一副正倾听二人对话的样子。

真琴的脑中全是三本木聪的尸体上会不会留下了证据这件事。不知不觉间被对方挠到了脸,因此男孩的指甲缝里或许留下了真琴的皮肤组织和血液。

发现这点后真琴马上随便找了个理由离开了活动室,就说妈妈打电话过来了。然后在社团教室脱下胴甲,换回T恤和牛仔裤,顺便从体育馆的厕所里拿了漂白剂放进包里,走出了校门。

可真琴边跑边意识到,就算全速奔跑,到废弃医院也要二十分钟左右。往返再加上处理尸体,社团活动这边就会缺席一个小时。放在平时,真琴肯定不会容忍出现这种很容易被发现的、极其不自然的时间空当，但可能留下了决定性证据造成的恐慌，让真琴眼下无法冷静地做出判断。

——怎么办呢？现在返回去，请假早退吧。

正迟疑着，视野远方出现了几名警察，真琴不禁站住。警察们像在寻找什么东西，不，是在寻找什么人。他们目光锐利，边走边向四周看。

——警方已经得知聪失踪的事了。

真琴的直觉。

看他们这样搜索，应该是还没发现尸体。不过警察们注意到医院旧址只是时间问题。不，还是说，他们已经发现了尸体，现在正在搜索可能还在附近的凶手？

全力奔跑加上强烈的不安让真琴的心脏跳得很剧烈，甚至有种疼痛感。而大脑似乎与近乎疯狂地跳动着的心脏相连，也在飞速运转。但无论如何，若此刻回医院，就相当于宣告自己就是凶手。

真琴默默咂了下嘴，在被警察看见之前调头回去。边往学校跑边想，或许要完蛋了，绝望感在心中蔓延。

真琴的DNA已随太阳超市的店长、员工一起提交给了警察。要是警方从尸体的指甲缝中提取到了皮肤组织和血液，马上就能判别真琴的身份。

但是如今自己无能为力。

只能祈祷当时清洗得足够干净——

周日早上，从电视新闻中看到发现三本木聪尸体的报道时，真琴觉得脚下的地面变成了沙子，唰唰地流动，仿佛即将崩塌。那天，打工的地方也在大肆谈论这件事。以店长为首，太阳超市的全体员工都在为出现第二名受害者而心痛。

"脑子有问题吧，凶手。"店长尤其义愤填膺，"找这么小的孩子，还是男孩子发泄性欲。最后还杀人灭口。坏透了。真是人渣。"

打工的员工们也声色俱厉。

"真是恶心。到底披着怎样一张人皮啊。我真想杀了他。"

真琴尽量避免加入对话中，度过了那一天，工作上出现了好几次小失误。现在回头看的话，警察就站在身后呢吧——脑中一直浮现出这个画面。在少儿剑道俱乐部上课时也没法集中精神。

"话说警察到咱们家来过吗？"晚饭时真琴问妈妈。

"警察？来干吗？"

妈妈的目光没有离开每周必看的电视剧。

"最近这附近不是发生了好多起案件嘛，我在想，是不是有警察来家里调查什么的。"

"谁知道呢。好像没到咱家来。咱们家离得挺远的吧。"

对话到此结束，真琴稍微松了口气。至少现在还没事，这一点也算是个得救的信号。

肯定没有从指甲中检出任何东西。不过最好还是不要再杀人了。要是被捕就一切都完蛋了。先收敛一段时间，这样的话就没事了——

真琴如此告诉自己。周一像往常一样上学，很正常地和朋友们度过。可是，搜查会不会取得了飞速进展呢？这样的不安一直没有消失。

毕业去向啊、未来啊，可能已经和自己没关系了吧——

真琴是怀着沉重的心情上完一天的课来参加面谈的。

"啊，所以说，"佐藤老师的大嗓门把真琴的思绪拉了回来，"父母都能理解的话，比什么都好啊。面谈能顺利完成，真是太好啦。有挺多父母和孩子的意见不同，到这儿来就在我眼前开始吵架呢。唉，真是的。"

"哪里、哪里，是老师您指导得好呀。"

妈妈这话接得十分到位。妈妈是个开朗大方的人。升学志愿面谈就在融洽的氛围中结束了。

"这之后有事吗，一起回家？还是找个地方喝喝茶？"

妈妈穿着绿色的客用拖鞋，似乎走得很艰难。

"今天要打工。"

"啊，这样啊，太勉强自己可不行啊。差不多也该认真准备考试了吧。"

"我知道。"

"嗯，我也去趟太阳超市吧。今天肉类特价吧？"

"我都说了别在我打工的时候去！"

真琴属于那种工作时若是家人来会比较在意的类型，所以会拜托母亲，让她岔开自己上班的时间来超市购物。不过两人也会不时斗嘴逗趣，妈妈故意说"我去看看吧"，真琴慌忙回应"说了不要啦"。可是今天不小心语气重了，真琴是真的抑制不住焦虑和急躁了。

"哟，什么嘛，我这不是在开玩笑嘛。"妈妈有点窘迫地

177

笑着,"怎么了啊,发生什么事了吗?"

"都说了什么事都没有。"

这时远处有人喊"真琴",往声音传来的方向看,只见桃子正站在面谈室门口挥手。桃子的母亲站在旁边,朝这边点头行礼。"啊,您好。"妈妈也微微低头。然后桃子和母亲就走进了面谈室。

"桃子的面谈也是今天啊。一段时间没见,变成熟了啊。或许是因为头发长了。之前来咱们家时头发才齐肩吧?桃子选的什么课程啊。"

"和我一样啊,国立公立方向。"

"哦,这样啊,我还以为她肯定会选私立方向呢。难道是受了真琴的影响?"

"可能吧。"

"关系很好呢,你们俩。桃子的妈妈也很开心呢,说多亏了真琴,桃子现在也爱学习了。她说之后想让桃子继承家业。她们家经营了一家有机食品公司吧,真厉害啊。今天还特意请假过来了。就算要照顾工作,孩子的事也总是最优先的,真是母亲的典范啊。"

妈妈很钦佩般地叹了口气。但真琴决定无视这一话题。

"妈妈也想工作育儿两不误啊。今天被真琴你这样对待,妈妈都没自信了。"

她灰心地说,还扫了一眼真琴。

"不是,我也没……"啊,真琴叹了口气,"我语气重了,对不起。"

妈妈笑了。

"没事的，没关系。真琴没有什么烦心事就行了。"

妈妈的声音饱含爱意，充满温暖。真琴咬住嘴唇，听着这声音。

要是被捕——所作所为都被曝光的话，这么温柔的妈妈会怎么做呢？

"所以啊，要是有什么事，妈妈希望你别有顾虑，来跟妈妈商量。母亲总会站在自己孩子这边的，真琴你能理解吧？"

真琴更抬不起头了，没有信心正视妈妈的脸——

"那我先回去了，好吗？"

妈妈爱怜地用双手包住真琴的手。

已经夺去两个男孩子性命的，真琴的手。

目送妈妈离开后，真琴去了社团教室。今天是升学志愿面谈的日子，因此没有社团活动。离打工还有一点时间，真琴想独自待一会儿。

推开门。空无一人的教室里弥漫着沉寂的空气。真琴在教室中央的长椅上坐下，看着灰尘在从窗户照进来的光柱中飞舞。

说不定马上就要跟这间教室告别了。普通的高中生活，平和的家庭——所有这些或许都会在近期失去……真琴重重地叹了口气，用手抱住了头。

兜里的手机发出震动。掏出来一看，是妈妈发来的信息。

"刚才对不起，我多嘴多舌的。只要真琴幸福就好。"

明明只是一条普通的信息，真琴的眼中却涌出了滚烫的泪滴。在无人的教室中，真琴放任自己的泪水流了片刻，之后开始搜索新闻。之前一直尽量避免检索相关消息，但现在真琴想知道详细的信息。

"蓝出市""幼童""杀害"。

输入这几个关键词后，屏幕中显示出一排结果。震撼的标题让真琴倒吸一口凉气。

"这次手指也被切断 蓝出市幼童连环杀人案"。

——怎么回事？

真琴用颤抖的手指点开这条新闻。画面展开，新闻内容呈现在眼前。

"第二名受害者三本木聪小朋友（五岁）的尸体在市内的白田医院被发现。警方认为凶手与矢口由纪夫案为同一人，正在展开搜查。遗体全裸，有被性侵的痕迹，另外性器官和十根手指被切断。"

手指被切断。

所以，留有皮肤组织和血液的指甲才没被发现——

全身忽然脱力，真琴瘫在了长椅上。

脑中闪出那个无法避免的问题。

是谁？

那时周围确实没有人。可某人却顺利地找到了聪的尸体，奸尸，然后这次还切断手指带走了。从弃尸到警察开始巡街，这之间应该没有那么久的时间。

对方是如何知道聪被杀害的？又是如何知道弃尸地点的？

还有……为什么要切断手指？

真琴想象出一个男人的形象，他不知从何处来，在男孩的尸体前发情、欢欢喜喜地行污秽之事。真琴觉得毛骨悚然。

可是，必须要感谢这家伙。

多亏了他，我才逃脱了危机。

无论是谁，无论其目的是什么，总之幸运之神眷顾了我。

真琴低声笑了。

天助我也。果然，我做的事情是没有错的——

这时敲门声响起。真琴一瞬间身体僵硬。门开了，是绵贯。

"啊，什么啊，原来有人先来了一步啊。"

绵贯大步走进来，径直走到了墙边。

"都是灰尘啊。窗户打开吧。啊，门也打开吧。"

一打开门窗，就有舒服的风拂过。有学生从窗前经过。或许是看见熟人了，绵贯抬起手，"嘿"地打了声招呼，然后一屁股坐在长椅的另一头。

"咱们想的一样吧。面谈日，不知怎么有点拘束呢。走到哪儿都能看见学生家长。真琴你已经谈完了吗？"

"嗯，刚才谈了。绵贯呢？"

"刚结束。啊，老师说我要是想上国立和公立大学，必须得再加把劲儿才行。"绵贯挠着头说。

"没问题的，绵贯你。"

"嗨，只能硬着头皮上了。爸爸和妈妈知道我想当护理师后都挺开心的。"

"是吗？"

"嗯啊。他们貌似觉得自己的工作得到了我的认可。我真孝顺啊。"

啊哈哈，绵贯不好意思地笑了。

"对了，周末抱歉啦，大赛前突然请假。我跟爸妈去参加终末期医疗研讨会了。他们跟我说，应该从现在就开始学习这些，很重要。"

"是吗，真厉害啊。"

"特训项目都搞定了吗？我没在，大家是不是都松懈了啊？"

"没问题。啊，女社员们应该都很想你吧。高一的学生们啊，几乎都是为了绵贯你才加入的呢。"

"没那回事儿。"

"我看就是。啊，说起来，记得咱们班上的上田麻美吗？之前还来看过比赛呢。"

"嗯，好像有点印象。"

"那家伙貌似很喜欢绵贯你呢，还拜托我不露痕迹地打探一下——不过我好像完全暴露痕迹了，我又没当过月老。"

"真琴。"绵贯的语气突然认真起来，"你……知道我的心意，是不是？"

两人陷入了沉默。

"从高一开始，我的眼里就只有你啊。其实你感觉到了对不对？我对真琴你——"

"绵贯。"真琴尖锐地打断他道，"求你了，别再说——"

"我知道了。对不起，我没想说出来的。我是想一直藏着的啊。我能感觉到,你想和我保持距离。"

"不是针对绵贯你。只是,谁都——"

"我说了我知道了,你也别说了。忘了吧。对不起。"

绵贯很有男子气概,又很温柔,恐怕他从刚见面起就敏感地察觉到真琴对男人怀有恐惧。所以至今为止,他连真琴的肩膀都没碰过,碰到这样两人独处的情况,就会打开门窗,然后尽量坐得远一些。面对他时真琴也总能放松戒备。

"那我走啦。"绵贯嘿咻一声站起身,"明天见啦——咦?"

今天第一次正视真琴的脸的绵贯笑道:"怎么搞的,这里。"

绵贯笑着指向真琴的脸。

"啊……被猫抓了。"

"真够笨的!"

调侃的语气,似乎是想缓解刚才二人之间的紧张。

"小心点吧,一张漂亮的脸都被你糟蹋了。"

"少废话。"

"啊,你这家伙还真是嘴不饶人。"

"走你的吧,赶紧的。"

"啊,对了,我老妈说,以前有部电影叫《罗马假日》,说你长得像这部电影里的女明星。回见喽。"

绵贯挥挥手,走出了社团教室。

再次变成独自一人,真琴叹了口气。

真琴好几次被人说长得像那个女演员。奥黛丽·赫本,和真琴一样留着短发,面孔精致的女明星。

从少女时期就被人称赞可爱、漂亮，真琴是在夸赞声中长大的。但美貌并不等同于幸福。所以她才狠心地剪短头发，故意说话粗鲁，让自己像个男生。

可是到头来还是会被视为女人——

真琴面色阴沉地低下头，咬住嘴唇。

没心情去打工，于是她给店长打了通电话，撒谎说感冒了。不想见任何人，只想独自在这里待一会儿。

正在发呆时听见窗外传来小孩子的声音，一开始真琴很吃惊，以为有小孩子溜进学校了。走到窗边一看，似乎是有人在二楼的文科系俱乐部社团教室里看电视，刚才听到的是电视里的声音。

什么啊，真琴再次走回长椅。

电视声继续传入耳中。貌似是几个小学男生在笑，还夹杂着少女的抽泣声。是电视剧吧。想象一下，情节应该是女生被男生欺负了吧。

听到男生的嘲笑声，少女的哭泣声更大了。那个女孩子是以怎样的表情在哭泣呢？正因为只能听到声音，更激发了人的想象。听着听着，真琴的心底又开始出现嘈杂声。刚避开了危险，可新的冲动又萌芽了，并急速生长。

这样下去很危险，还是收手比较好。头脑很清楚，可是激情却如骇浪般想要冲破真琴的胸口。

真琴闭上眼，仰面朝天，深呼吸了很多次。

为什么会变成这样呢？明明由纪夫和聪都已经死了啊。明明已经一次又一次地确认过塑封袋里的照片和被切下来的性器官了啊。

还是不要冒险了。不能再有动作了。

又深呼吸了好几次，总算按捺住了冲动。

可是……再杀一个的话，或许——

这个想法像一滴雨水，滴落在真琴平静的心湖中，波纹荡漾开来。

对……再杀一个的话……

正在激烈抗争的头脑和心渐渐达成了一致。

真琴从兜里掏出手机。打开保存视频的文件夹，出现了几个有女孩子照片的缩略图。她点开其中一个，按下播放键。

许多戴着黄色和蓝色帽子的幼儿们正在幼儿园的院子里跑步。画面角落有块立式看板，上边写着"琴美幼儿园运动会"。

"小薰、小淳、芳枝，快快快，加油！"

保育员拿着红色的旗子在终点处挥动，被叫到名字的小朋友拼命迈动双腿，但或许还不太懂什么是比赛，他们完全无视终点，向四处乱跑。

"这边、这边啊！"

保育员和四周的家长们都被逗得笑出声来。被这笑声感染，真琴也扬起一边嘴角呵呵地笑了起来。

"小薰……"真琴口中低声念道，似乎在模仿保育员的语气，指尖抚摸着视频中的女童。

16

保奈美站在蓼科的公寓前。

周二凌晨三点。住宅区寂静至极,连根针掉在地上的声音都能听见。

确认过四下无人,保奈美戴上手套,从包里取出备用钥匙。

周日在新闻里得知第二个受害者三本木聪被杀案的概要信息后,保奈美拨打了那个叫谷崎的刑警的电话。她想的是,若她说亲眼看见蓼科杀人,或许能增大警方搜查并逮捕蓼科的可能性。

可与预想的相反,对方并没有理会自己的目击证言。连蓼科秀树是强奸犯这条信息都告诉他们了,可那两个警察说他们已经知道了。

"为什么不逮捕他呢?"

她不禁语带斥责。

"我们正在调查。就目前掌握的情况来看,还没到逮捕的程度。"谷崎这么回答。

警方已经知道蓼科有强奸前科的话,那应该已经调查过他本人了。调查过却还没逮捕，那应该就是他有不在场证明，警方据此判断他不可能犯罪吧。

"可是他杀人之后好像还埋了什么东西，就在住宅区旁边的农田里。请你们去那边搜索，肯定能在那儿找到证据。"

保奈美不死心，她无论如何都希望警方找到决定性证据。

可谷崎却反问道："那您为什么没有当时就报警呢？"

保奈美语塞了。这下也没法再坚持了，她放弃了，挂断了电话。

保奈美在客厅久久呆立。当然，她并没有实际目击到案件发生，她也知道蓼科当时在快餐店和加油站。可那家伙依然是个危险的男人，这点不可改变。如果放任不管——

想起在蓼科公寓里发现的女儿的照片，保奈美的身体颤抖起来。

警察不会帮我们的。

未成年的蓼科就算认罪，也不会被处以极刑吧。那个男人迟早还会回来。

那样的话，还不如——

保奈美一直盯着自己的双手。

还不如，用这双手——

保奈美把耳朵贴在公寓的门上偷听房内的情形，廉价房门后传来轻微的鼾声。保奈美深吸一口气，让自己冷静下来，用备用钥匙开了锁。

轻轻拉开房门。门上挂着防盗链，开到十厘米就开不了了。

保奈美按照在网上查到的方法，往锁链上绕了根绳子，然后把门关上，之后沿着门上方的缝隙滑动绳子。门内的防盗链应该会被拉下来。一次没成功就多滑动几次，终于防盗链一下子松了劲儿，掉下来了。

将门推开一条缝，确认对方没醒后，保奈美走进屋里。房间很黑，只有一盏小灯泡孤单地发光。黑暗中，她听见地动山摇般的鼾声。腐臭味充斥四周。

真是让人恶心的男人。

无论如何也要保护女儿，免受这个男人的伤害。

我那可爱的宝贝女儿。

接受了神灵的各种磨砺之后才终于降生的我唯一的女儿。

宫外孕之后，保奈美心中只有丧子之痛，每日以泪洗面。

"治疗还是先停一段时间，放松一段日子如何？"

医生这么劝告，保奈美决定停止治疗。心情稍有不好，丈夫就带她去购物或旅游。可是，无论看什么、吃什么，保奈美心里想的都只有"想让那个孩子也看看，想让那个孩子也尝尝"。

要想过这个坎儿，就只能前进，保奈美这么想着，再次去了诊所。

"那就体外受精吧。让精子和卵子在体外受精，分裂，再将胚胎送回子宫。把本来是输卵管的工作由医疗手段完成。对像您这样一侧输卵管闭塞、一侧输卵管切除的患者，应该有效。"医生仔细地进行说明。

"只是，取卵时只能用针刺入卵巢，把卵泡吸出来。只有这个方法了,也就是取卵手术。到时会尽量减少您的疼痛的,咱们一起努力吧。"

为了获得尽可能多的高质量卵子,保奈美开始服用激素促排卵。好不容易熬过了取卵的过程,取到的三十个卵子中最终只有四个成功受精,可以移植。之后倒是很幸运,第一次移植就着床了,血液中检出了孕激素。但保奈美也没有特别开心,因为上次就是这之后发现在输卵管着床了。度过了惶惶不可终日的一周之后,来医院做超声波检查时确认宫内胎囊,感动才渐渐在心中扩散开来,这次终于有孩子了。

"就在这里呢!宝宝就在子宫里呢!"

护士指着显示屏说,也替保奈美开心。

保奈美把有生以来拿到的第一张超声波成像照片抱在胸前,脚步轻松地去领母子健康手册。之后买了觊觎已久的孕期杂志,还通知了家人、亲戚和朋友,然后和靖彦一起早早开始选择婴儿服了。

到怀孕满十周才能停止不孕症治疗,这之前每周都要做超声波内诊。不过能跟宝宝见面她非常开心,保奈美很乐意去诊所。

"嗯,很顺利呢。能看见卵黄囊了。"医生微笑着说。

"卵黄……囊。"

"是宝宝的营养来源。在通过脐带从胎盘输送营养之前,营养都从这里摄取。就像宝宝的便当盒一样。"

"哇,便当盒?好可爱。"

保奈美满怀爱意地注视着屏幕,笑了。

"能自己摄取营养,宝宝可真棒啊。"

"很棒呢。现在还像个小蝌蚪,之后尾巴会消失,长出手脚来。宝宝用十个月就完成了人类的进化过程呢。"

了解得越多,越觉得怀孕这件事很神秘。若是自然受孕,可能不会这么感动吧。治疗不孕症的经历,从某种意义上来说非常宝贵——保奈美那时是这么想的。

每周拿到超声波成像后,保奈美都会用马克笔在上面做记录。

第七周。确认心跳。身长九厘米。耳朵、眼睛和嘴唇貌似已开始成形。有两头身了!

第八周。身长十二厘米。手臂长出来了!

第九周。身长二十厘米。在游泳!看起来像是在跟我招手!

然后第十周。终于到结束治疗的这一天了。保奈美买了名店的蛋糕作为谢礼,向诊所走去。想到今天是最后一次治疗,竟有点恋恋不舍。

"就要毕业了哟。定了去哪家医院生了吗?"

"嗯,想去山内产科。"

"山内产科啊。在这边治疗完去那里生孩子的人很多呢。"

保奈美一边和医生这样闲聊,一边像往常那样上了诊台。医生说:"那我们看看宝宝吧。"开启了超声波检测仪,屏幕上映出宫内的影像。可是刚看到屏幕,医生的脸就僵住了。数十秒的沉默之后,他用奇怪的语调对保奈美说:"请您坚强地听我说……很遗憾,宝宝的胎心停跳了。"

保奈美感到视野在剧烈摇晃。眼前的黑白显示屏中模糊地映出刚有三头身大的胎儿。可是胎儿却没有像上周那样乱动。

"我不信!"保奈美叫道,"我不信!为什么?!"

还躺在诊台上的保奈美捂着脸痛哭。

是因为之前拎了重物?因为快跑了?因为衣服穿少着凉了?保奈美责备着自己。

好不容易才来到肚子里的。

好不容易才长到这么大。

对不起啊——

做完将宫内胎儿取掉的手术,保奈美身心俱疲,支撑她的仅剩那三个胚胎。

但愿那几个孩子能顺利出生——

可是第二次到第四次移植,胚胎都没能成功着床。再次辛苦取卵,做第五次移植时,成功怀孕了。

保奈美每天都很害怕。就算孕检时医生说正常,比起高兴,最先袭来的情绪却是不安。这一次除了靖彦,她没有告诉任何人自己怀孕了的事。

之后的某一天,不好的预感成为现实。跟上次一样,第十周的时候,胎心停跳了。

为什么,神啊?!

为什么又把他从我身边夺走了?

保奈美抓着胸口,哭叫着。

预约完第二天的手术,保奈美晃晃悠悠地走出了诊所。乘上电车,她轻轻抚摸着腹部。

宝宝现在还在这里,可他已经失去生命了——

电车中有个小婴儿,孩子的样子刺痛了她哭肿的双眼。到处都有奇迹发生,却单单没有发生在自己身上……

"连续流产两次,我觉得可能有问题。咱们做个更详细的检查吧。"手术后医生对保奈美这么说。

于是做了各种检查,这才知道保奈美的血液容易凝固,无法给胎儿输送营养,所以胎儿才没法长大。

"那么……是母体的原因?都是因为我,宝宝们才……"保奈美愕然了。

"不是谁的错。您不要责怪自己。而且有办法可以解决。"医生语调温和,像在安慰她。

"下次移植要是怀孕了,就打针防止血液凝固。每隔十二小时打一次,一日两次,您自己在家注射就可以。直到宝宝出生。"

"这么做……就能生出宝宝了吗?"保奈美问,像是抓住了救命稻草。

"这个……只有老天才知道了。"

只剩一个胚胎了。精神、肉体和经济都已达到极限的保奈美决定,这是最后一次尝试。所有的希望都押在这一个胚胎上,保奈美进行了第六次移植。

幸运的是,这最后一个胚胎着床了。她开始每天给自己打两针。从没往自己身上扎过针,虽然害怕,但想到是为了宝宝,她就能忍耐。

一定要见到这个孩子——保奈美心里只有这一个念头。

注射的针孔在腹部和大腿造成内出血,结了硬块。工作和做家务时若坐下或躺着,就会感到阵阵刺痛,有时甚至疼得无法动弹。可保奈美没有叫苦——没有出生的三个孩子肯定比我更痛苦吧。

也许是打针起了效果,这一次跨过了之前一直难以逾越的第十周,胎儿顺利长大,肚子也越来越大。

足月后停止注射,以二十四小时输液代之,保奈美开始了住院生活。虽然就快临盆了,可孩子真的能顺利出生吗?这种不安一直持续着。她目送一个个生产后的女性出院,含泪想,自己是不是无法迎来那一天呢?

保奈美每天都在祈祷。

神啊,求你了,这次一定,这次请您一定把宝宝交到我的手中——

预产期前日开始出现阵痛,疼痛如巨浪般袭来,保奈美忍受剧痛时也一直在祈祷。脑中还会不时想到若有个万一,心中害怕极了。

所以,听到宝宝第一声响亮的哭声时,充斥在保奈美心中的不是欢喜,而是解放感。"这样就不用再担心了"。后来问靖彦,靖彦说当时保奈美大汗淋漓,一直在重复"没事了,没事了"。

"是个可爱的女孩子。"

助产士把宝宝抱过来,放在保奈美的胸前。

好温暖。

跟这个孩子在一起,感觉之前失去的宝宝们也都回来了。其中肯定男孩子、女孩子都有吧,所以保奈美决定给宝宝起个男女都能用的名字。

我要把这个孩子当成世界上最珍贵的东西。

我要把自己的一切都给她。

因为她是我盼星星盼月亮才盼来的。

那天，保奈美如此起誓。

于是，进入蓼科的公寓时，保奈美在心中念道：

我必须要保护女儿。

——不择手段。

保奈美从包里拿出电棍，握在手中。万一中途对方醒来，就用这个。虽然那样一来就不能成功实施计划了，不过那也比起被对方发现，闹出响动的好。

保奈美借助电灯泡的光，无声地向蓼科靠近。蓼科趴在窗边被子乱成一团的床上，鼾声大作。

保奈美把喝完就直接放在矮桌上的烧酒瓶拿起来看。空的。太好了，他都喝了。透过电灯泡的光可以看到，遮光瓶的瓶底有一层薄薄的白色粉末。

第一次偷偷潜入公寓时，这瓶酒还剩一半。到昨天中午来看，减少到了五分之一。保奈美推测他习惯在睡前喝这瓶烧酒，就往里面加了安眠药粉末。正常用量的三倍，又是跟酒精一起喝下去，蓼科现在想必睡得很沉。

保奈美试着用电棍捅了捅他的脚。

没醒。

再用力推他。

完全没有动静。

就趁现在。

保奈美从包里掏出打包用的塑料绳，套着窗帘杆绕了三大圈，绳圈恰好垂在蓼科的头部上方。然后她轻轻地用双手抬起蓼科的头。

鼾声停止了。

保奈美感到全身紧张。如果他在这时醒来，计划就失败了。保奈美就这么抬着蓼科的头，屏住了呼吸。

没多久，鼾声再次响起。

太好了。保奈美闭着眼做了个深呼吸，然后小心地将蓼科的头套在绳圈中。绳子套好后恰好卡在喉结处，保奈美松开了手。蓼科的头就这么摇摇晃晃地浮在枕头上方几厘米的地方。窗帘杆发出吱吱呀呀的声响。

头被吊着的蓼科痛苦地喘息着。保奈美拿出电棍、摆好姿势，屏住呼吸，以防万一。可喘息声只持续了几次，就突然没了声息。

——死了？

即便如此，保奈美还是非常害怕，没有松开手中的电棍。

蓼科的头软绵绵地低垂着，保奈美凑近看了一眼他的脸，只见他面部通红肿胀。真的死了吧。保奈美触摸他的耳后，隔着手套，感觉不出脉搏。

她咬咬牙，摘下手套，探手到蓼科的鼻前。

没有气息。

保奈美终于制裁了蓼科。

她全身如筛糠般抖着，总算硬撑着，爬一般地走进厨房。拉开洗碗池下方的柜门，把ＤＶＤ和相册都收进包里。她想把这些都处理掉，不想让其他人看到了。

这下就好了。

接下来，还剩最后一件事要做。

保奈美总算平静下来，在微弱的灯光中站起身。

17

蓝出站附近共有两家体育用品店,半年内购买了高尔夫球袋、登山包或剑道护具袋的共八十九人。第二家店的顾客管理很马虎,到夜里才把客户名单做好。

这八十九人中又有田中真琴的名字。回蓝出警署的路上,谷崎用手机搜索了"少儿剑道俱乐部"。

"好像今天也有训练呢。"谷崎把剑道俱乐部的网页拿给坂口看,"不顺路去看看吗?或许能见到田中同学呢。"

"说什么呢,回去跟系长汇报要紧啊。还要开会呢。"

"可是正好在咱们回去的路上啊。你看。"

谷崎点开地图。确实,剑道俱乐部所在的市民馆,就在他们回蓝出警署的途中。

"我突然想去厕所,就借市民馆的厕所一用吧。"

"好好好,知道了。"

坂口叹了口气。如果只进去几分钟,还是顺路的话,应该不过分吧。

* * *

"打扰了。"

二人拉开门。虽然灯亮着，但房间里一个人也没有。坂口看了眼手表，晚上八点了。

"是来参观的吗？"

屏风后边传来问话声，一位穿运动服的老人缓缓走出来。

"今天的活动已经结束了，如果你们想看看活动介绍的话——"

老人刚要拿宣传单页，坂口和谷崎赶忙制止，并取出了证件。

老人似乎很疑惑，皱起了眉头。

"嗯，您二位是警察？"

"我们听说田中真琴在这里任教。"谷崎询问。

"真琴老师吗？嗯，是大概一年前来这边的。"

"是谁介绍的吗？"

"一高剑道部的顾问是我的朋友，我跟他说在找老师，他就把真琴老师介绍过来了。这边本打算付工资的，可真琴老师说升学志愿申请表需要志愿者经历，没要钱。真琴老师很积极，常来讲课。"

"今天也来了吗？"

"嗯，来了。那个，是什么事……"

"最近发生的幼儿被害案，您有所耳闻吗？我们正在调查其中的一个环节。"

谷崎刚说完，老人一下子睁大了眼睛。

坂口慌忙补充道："您别担心，我们是在调查这半年购买过新护具袋和高尔夫球袋的所有人。"

"啊,这样啊。"

老人露出放心的表情。

"我们以为田中同学还在,所以才来拜访的,没想到她已经回去了。"谷崎边在房间里来回走着边说。

"嗯,活动六点半结束,所有人都回家了。"

"这两个孩子来这里参观过吗?"

谷崎把两名被害幼童的照片拿给对方看。老人将挂在脖子上的老花镜戴上,仔细盯着照片看。

"哦哦,这个孩子来过。"

老人指着由纪夫。

"您能肯定吗?"谷崎确认道。

"不是来参观,是来看比赛。另外那个孩子就不知道了。"

"您的回答对我们很有用。感谢您的配合。"

二人向老人道谢后,离开了市民馆。

"找到了田中真琴和由纪夫的交集呢。"

急忙赶回蓝出警署的路上,谷崎满脸兴奋。

"是啊。既购买过护具袋,现在又明确了她和由纪夫有交集。先跟系长汇报,明天再去找她问问。"

"嗯,就这么办。"

可回到警署,在之后的搜查会议上二人得知,由纪夫和聪参加过同一所外语学校的英语体验课。另外,有位家长送家里的姐妹二人分别去了由纪夫和聪的幼儿园,而且在两个月前购买了高尔夫球袋。

谷崎汇报了田中真琴和由纪夫的交集，但里田让负责太阳超市的同事去确认这件事，派给坂口和谷崎的工作是去调查外语学校的相关人员。

从谷崎的表情明显可以看出，她不赞成里田的判断。

"聊聊吧，我可以请你喝个咖啡什么的。"

搜查会议结束后，坂口邀请谷崎道。

可是谷崎摇头说："不必了。"

"想开点儿吧。这是团队合作作业，全员的目的一致，对不？"

"这我都懂。可是……"

谷崎勉强露出微笑，快步走出了大厅。看着她的背影，坂口叹气念道："看起来你并不懂呢。"

不出所料，第二天早上看见谷崎，她还是一脸不满。

"我还是想去追田中真琴那条线啊。"朝外语学校走时谷崎说。

"我懂你的心情。但之前宫本去询问过田中君，里田系长这样分配是合理的。"坂口说出负责太阳超市的警员的名字，劝慰道。

"可是……"

谷崎咬着嘴唇。

"你怎么那么在意田中君呢，就不在意外语学校那边吗？那个人可是跟由纪夫和聪两人都有交集呢。"

"确实，我自己也觉得很不可思议，可不知为什么，就是一直觉得田中真琴不对劲,觉得很古怪。我感觉这起案子中有种女性的东西。"

"要重视直觉。可是……"坂口变得严肃了些,再次对谷崎说道,"里田系长说的今后的调查重点,你认真听了吗?"

"听了。"

"为了全力阻止出现第三名受害者,要尽可能提高搜查效率,并优先调查男性。另外,弃尸现场没有血迹,目前推断对尸体的破坏是在别处进行的。由纪夫案之后,我们一直想查出破坏尸体的场所,但所有无人的公共场所都未检测出血迹,也没有发现其他痕迹。也就是说,凶手极有可能是在自己家中作案,所以一定要注意单身男子。"

"是。"

"田中君和家人同住。那天晚上她家里有人,要怎么把男孩带进家里,勒死之后再割下性器官呢?聪也一样。而且田中君不是有不在场证明吗?"

"由纪夫案时只有她家人的证词,说她在家。"

"可是聪被害时她也有不在场证明。那天我们碰见田中了,没错吧?"

"是。"谷崎老实地点头承认。

"我们的任务是调查外语学校那边。现在还是集中精力去做这件事吧。好吗?"

看坂口走进外语学校的办公楼,谷崎也沉默地跟了进去。

这所学校除了英语班,还有韩语、汉语和法语班。为了提高效率,坂口决定先询问男性职员和老师。谷崎也没有异议。

被调查人大体上都很配合，甚至自愿提供了各自的住所。傍晚时分，外语学校下班了，坂口他们也就结束了当天的调查。告诉对方明早十点会再次来访后，二人离开了学校。

"有好几个男性相关人员住在案发地附近啊。回警署之前要不要去转转？"

坂口想走一走，实际确认一下附近是否有僻静少人的地点，是否有无人居住的房屋或废墟，还想看看那几个涉案人员的住所。

"好啊。"

谷崎马上掏出手机搜索路线，并对照着住址表确认。

"中垣先生家离得最近，可以先去他家。然后是海克曼先生，再然后是王先生……"

从一早开始，谷崎的工作积极性就不高，却也一丝不苟。今天在外语学校询问了很多，但谷崎心中或许还一直想着田中真琴，只是只字未提，所以坂口也没敢提及。

确认过办公室室长中垣和英语老师海克曼的住所及周边后，二人往汉语王老师家走去，这时谷崎开口了。

"坂口警官，关于田中真琴……"

看吧，来了，坂口心里想着，嘴上应道："怎么啦？"

"那个，我知道明天一整天也得在外语学校调查……但能不能挤些时间去找她问两句？"

"你还在想她啊。嗯，在我个人来看，执着点儿倒也不是坏事。"

"坂口警官您不是也说过，不要完全相信搜查方针吗？"

"我确实说过，直到现在这也是我的座右铭。可阻止年轻刑警乱来也是我的工作啊。说到底，田中君要如何实施性侵呢？"

"或许有男性共犯。"

"共犯啊……"

"总之，田中真琴符合所有条件。打工地，少儿剑道俱乐部，还有护具袋。"

"可是她和聪没有交集啊。而这所外语学校和两个人都有交集，而且嫌疑人是单身男性，还有车，更符合条件啊。退一百步说，假设凶手是田中君和另外一个人，两人协同作案。那无论如何田中君的同伙也得是男的吧，所以从男性开始调查就是捷径。明白了吗？"

谷崎沉默地盯着坂口。

"干吗啊？"

"现在，我就把你说的话，当成这个世界上我最讨厌的那个人说的话。"

坂口不禁苦笑，哎呀、哎呀，他不由得叹了口气。

"最多五分钟啊。"

听了坂口这话，谷崎的脸都亮了。

"真的可以吗？"

"不过得用午餐时间来抵了。"

"谢谢您！嗯，蓝出第一高中的放学时间好像是三点半，我们就在那之后去她家看看吧。"

"什么啊,你连这个都调查清楚了吗?"

"嗯。今天早上路上碰见了一高的学生,顺嘴打听的。"

"真是服了你了。"

二人一边交谈,一边对外语学校相关人员的住所和周边区域进行了确认。

第二天,谷崎一大早就精神高涨。

"我做了营养丰富的果昔代替午饭,咱们可以边往田中家走边喝。"

然后她麻利地对老师们进行调查询问。

由纪夫参加过的那堂体验课的老师今天来上班了,可以对他进行询问。莫里斯是一位温和的四十多岁英国男性,他还不知道那个孩子竟是杀人案的受害者,颇为震惊。

谈话中得知他有一辆小面包车,另外他喜欢垂钓,所以车上总装着一个大冷冻箱。案发那两天他都出去钓鱼了。垂钓地、当天的天气情况、海流状况、所见所闻、垂钓所获等,谷崎都一一询问了。

"抱歉,有什么可以证明您当天去了那个地方吗?"

莫里斯思索片刻,说:"租船的收据可能还留着。"然后走去教研室拿钱包。

"有点可疑啊。"坂口轻声道。

"是啊。"

"若莫里斯没有不在场证明,就以任意搜查让他跟我们走一趟吧。不过这样的话田中君那边就没时间去了,行吗?"

"当然。"

可莫里斯的不在场证明马上被证实了。租船时还需要提供小型船舶驾驶员资格证,那天他自己操控小船,一整天都在海上。

"还期待着这就能抓住凶手了呢。"三点时二人离开外语学校,坂口说道。

"确实。不过一想到终于能询问田中了,我还挺高兴的。"

"知道她的住处了吧?"

"嗯。我找了个理由,说或许跟外语学校也有关系,让宫本警官发信息告诉我了。稍等。"

谷崎打开手机,随即疑惑地"咦"了一声。

"怎么回事?这地址……"

但谷崎的话音被坂口的手机铃声盖过了。坂口看着屏幕上闪烁的蓝出警署的电话号码,急忙按下接听键。

"我是坂口……嗯?"

坂口不禁停住了脚步。谷崎看着坂口,不知发生了什么。

"明白了。我们马上回警署。"

坂口挂断了电话。他意识到自己的脸色变了。

"取消对田中君的问询。"

"嗯?怎么了,为什么啊?"

"因为凶手是蓼科秀树。"

坂口快步往回走,谷崎吃惊地追上去。

"蓼科?!怎么回事?他去自首了?"

"不……"坂口转头对谷崎说,"他好像自杀了。"

"自杀？"

谷崎吃惊地睁大双眼。

到了上班时间蓼科秀树却没出现，打手机也没人接听，所以加油站老板就去了他的公寓。这位老板一直积极地雇用蓼科这种从少管所出来的年轻人，是位对社会很有贡献的人。尤其是蓼科，他身在少管所时唯一的亲人——母亲也离世了，失去了监护人。为了帮助他稳定情绪，老板还劝他去种田。

大门锁着，敲了门也没有任何反应。老板想着可能是睡着了，于是联络了管理公寓的房屋中介，用备用钥匙开了门。

门一打开，马上就看见窝在窗边的被褥上、脑袋吊着的蓼科了。房屋中介和老板急忙从窗帘杆上摘下绳圈，但绳子已经深深地勒进了蓼科的脖子。他的身体已凉透，明显早就死了。老板又发现矮桌上放着两个被害男孩尸体的照片，就马上报了警。

死因是上吊导致窒息。血液中检出了酒精和市面上贩卖的安眠药的成分，桌上的烧酒瓶和玻璃杯中也检出了同样的成分。从上述情况判断，死者疑似自杀。

警方在洗碗池下方的收纳柜中发现了疑似由纪夫和聪的性器官，还找到了可能是用来切下性器官的剃须刀片。卫生间里有氧系漂白剂。

然后警方又在田里的工具箱中发现了沾有血迹的菜刀，据此推测蓼科是在田里对尸体进行破坏的。不过还要做进一步细致的调查。"您有去田地那边看过吗？"调查员问。

对此老板回答："有。那家伙每天昼伏夜出，经常半夜去田里。大概一个月前，我也去了一趟田里，但他不在。没一会儿他来了，我问他干什么去了，他说是去找车了。还说打工时遇见了一位以前认识的大叔，哦，就是来我们店里加油的客人。蓼科说当时没来得及跟对方打招呼，但挺想念对方的，就顺着那辆车开走的方向，挨个儿去沿途的住宅和公寓楼停车场寻找那个人的车了。他说是辆银色的斯巴鲁，但开这款车的人很多，所以没找到。最近问他他说找到了，现在想来，这些都是障眼法吧。"

老板的眼角渗出泪水，说自己要是多留意就好了。

"嫌犯是如何作案并制造不在场证明的，接下来一定要查清。蓼科秀树就是幼童连环杀人案的嫌犯，这一点应该没有质疑的余地了。"

被紧急召回的刑警们都聚在大厅中，安静地听里田报告情况。

全员脑中都是相同的想法。

由纪夫案时警方多次接触过蓼科，还有人报警告发他，但因为他有不在场证明，这才撤销了对他的怀疑。那时若再警觉一些，聪就不会死了——刑警们心中都是这种痛苦的悔意。

悔之晚矣。不过也有值得感慨之处，那就是今后不会再有人被害了，从这点来看也算了结了。

之后，里田指明了今后负责验证工作的刑警。

给坂口和谷崎的任务是，去找之前报警说目击了蓼科杀人的人再次询问详细信息。

"这么说来，之前那通充满矛盾的报警，或许是真的啊……"走出蓝出警署，沐浴着夕阳，坂口感叹道。

"嗯。跟本部汇报时完全没被当回事。可是，他竟然以这种方式自杀……"

谷崎也悔恨地咬住嘴唇。

"凶手已自杀，真正意义上的真相就无人能知了。"

"但发现真相是警察的职责啊。"

"你说得对。总之，我们现在能做的，就是认真完成目击信息的调查笔录。"

"嗯，认真完成。但我还是有点放不下啊。"

爬上坡道，俯视街道，冷风摇动着染成深棕色的树木，怀抱夕阳的天空如此高远。冬天的脚步近了。

"啊，那个谁……"

谷崎指着人行道对面，田中真琴在那边。她正拉着一个小女孩的手买甜甜圈。

"田中同学。"

谷崎大声呼喊，田中随即回头。可是她的表情一僵，慌忙牵着小女孩走掉了。

"是不是讨厌我们啊。"

"因为警察总会带来麻烦事啊。"

"话说，她拉着的那个小孩，似乎比她小很多。"

谷崎认真地盯着田中和小女孩远去的背影，直到信号灯变成绿色。

18

本周进行家长面谈,因此周二也没有社团活动。放学后,真琴走出校门,直接往幼儿园走去。

离约定来接孩子的时间还早,被栅栏环绕的园内只有两个孩子在玩耍。长椅上放着两个小书包,旁边是一位保育员。

"薰,你还小,秋千危险哦。"

"是——"

薰从秋千上跳下来,头发随风飘动,夕阳照耀下的皮肤熠熠生辉。

"老师,撒尿——"另一个孩子朝保育员跑来,"快尿出来啦——"

保育员抱起扭动着双腿憋尿的孩子,慌忙朝园内跑。园内只剩薰独自一人,她又坐上了秋千。

一个人都没有。

虽然孩子在园内,但能看出保育员们大意了。门关着,也上了锁,但栅栏是很容易翻越的。

真琴慢慢接近幼儿园,透过栅栏甜甜地叫了一声:"薰?"

薰没看见真琴，睁大眼睛四下张望。真琴又叫了一声，薰总算看见了站在栅栏边的真琴，跳下秋千向她跑来。

真琴把手从栅栏的空隙伸过去，从薰的腋下把她抱了起来。真琴身高一米七，这么抱着薰举高，正好可以够到栅栏顶。再让薰抓住栏杆，就能翻到这一边来了。

可以就这样直接把孩子带走呢，真琴冷静地想。被高高举起的薰露出天真的笑容，低头看着真琴。

这时，保育员带着另一个孩子从楼里出来了。

"啊，老师和小渥回来啦。"薰一边扭动身子一边说，"把我放下来啦——"

"不放。"

"为什么？"

"因为我最喜欢薰了。"

"哈哈哈，"薰咯咯地笑着，"薰也最喜欢你啦，妈妈。"

保育员和男孩子走近了。

"啊，是薰的姐姐啊。"

保育员点头致意。

"薰好像也知道，姐姐放学早的日子会来接她，每次都很开心——"

"我发现一个问题。"

真琴突然瞪圆了眼睛，把保育员吓了一跳，也停下了话头。

"刚才幼儿园的院子里一个人都没有，可能您觉得门锁着，还有围栏，所以很安全，但其实孩子很轻松就能被带走。看，像这样。"真琴以眼神示意被抱到围栏顶端的薰。

"真的是呢。对不起,我们会注意的。"保育员连忙道歉。

真琴终于把薰放回到地面。薰跑出来,在幼儿园门口迎接走过来的真琴。

"妈妈!"

门一打开,薰就抱住了真琴的腰。

"薰也真是的,明明是姐姐,怎么叫妈妈呢。"保育员递过书包,不可思议地感叹道。

真琴回以暧昧的微笑,接过书包。

"再见喽,薰。"

男孩子挥手。

"老师,再见。小渥,再见喽。"

薰也挥手道,然后跟真琴一起走出了校门。

薰好像十分开心能跟真琴一起回家,一直哼着歌。真琴要上学、参加社团活动和打工,时间上不宽裕,所以接送基本都是妈妈来。赶上能早回家的日子才能来接薰,每次薰都开心得不得了。

"薰唱得真棒呢,是什么歌?"

"蔬菜歌啊。妈妈不知道吗?"

"嗯,不知道。你能教我吗?"

"好呀。手手先绕圈圈,然后——"

薰想甩开真琴的手跳舞,真琴却一把握紧她的手,说:"不行,太危险了,只教唱歌吧。"这时前方信号灯变红,二人驻足等待。真琴拉着薰站在离车道最远的地方,并挡在薰的斜前方,生怕在人行道上骑自行车的人或边走边抽烟的行人撞到薰。下方不断传来奶声奶气的走调歌声，真琴不禁笑出声来。

真琴的小公主。

我可爱的女儿。

我一定要守护这个孩子。

真琴是在三年前生下薰的——那年她刚满十四岁。

十三岁时，真琴被年长两岁的儿时玩伴蓼科秀树强奸了。

回头想想，一切都是有征兆的。小时候真琴就总受秀树阴险的欺负，秀树会掐或踢真琴身体上不易被发现的地方。

"因为我就爱看你哭唧唧的样子啊。"秀树嘻嘻坏笑着，对哭泣的真琴说。

当时还只有三四岁的真琴不想惹恼这位住在附近的哥哥，因为怕他报复。她连父母都没告诉。而秀树有时会像换了个人一样对她非常好。

不过渐渐地，真琴故意躲开秀树，不跟他一起玩了。之后秀树小学毕业，两人就没再见面了。

真琴刚上初中那年冬天，横穿公园时碰见了许久未见的秀树。

"有只被丢弃的狗掉进沟里了，没法动弹。咱们一起帮帮它吧？"秀树说。

真琴喜欢狗。太阳已经落山了，很冷，狗或许会死。

"在哪儿？"

"真琴你真是善良。在那边呢。"

公园里越来越暗，没有人影。秀树把真琴带到公园深处，指着一处树丛说："在那边呢。"真琴走过去看，秀树却从身后将她推倒，在那里强奸了她。性知识尚浅的真琴当时只是非常害怕，连声音都发不出来，就这么被对方蹂躏了。

"不许告诉任何人。"犯下恶行的秀树边穿衣服边叮嘱她，"我拍了摄像，你要是敢出卖我，我就把视频放到网上。"

真琴摇摇晃晃地回了家，洗干净沾满泥土的身体，可是无论怎么洗，都觉得自己的身体很脏。自己这个人就是脏的。

接下来的几天，真琴都装病说感冒了，待在房间里谁也不见。她坐在床上，抱着双膝，不停发抖。秀树那张因欲望而扭曲的脸在她的脑海中挥之不去，身体上也还残留着真实的感觉。日子一天天过去，那感觉非但忘不掉，反而一次又一次被回想起，让她被迫再次体验。某天晚上，真琴终于忍受不住了，她割开了手腕。

清醒后周围一片白。我死了——真琴这么想，但后来发现身在医院。躺在病床上输液的真琴两边是哭泣的父母。在父母的追问下，真琴说出了被蓼科秀树强奸的事。妈妈很担心，带真琴去看了妇科，接受了一堆问诊和检查。

出院回到家，父母马上找来了秀树的母亲。

在流泪道歉的母亲旁边，秀树看着别处，一副目中无人的表情。他是被母亲硬拽过来的，不满之情溢于言表。

"实在抱歉，我的要求或许很过分，但请您一定原谅他。"

秀树的母亲将一个貌似装着纸钞的信封放到桌上，跪在了榻榻米上。

"你以为用这个就能得到我们的原谅了吗!"

"不是的。只是……我家这孩子也反省了——"

父亲拍着桌子道:"我们打算去报警。你把钱拿回去吧。"

一直沉默的秀树这时突然开口了。

"这样好吗?"

他的眼中带着一丝阴险。

"去报警真的好吗?想必到时痛苦的是你们。"

"什么意思?"

"我们俩之前交往过。对吧?"

秀树嬉皮笑脸地看向真琴,像在征得她的同意。真琴的大脑一片空白。

"什么,你说交往过?"

妈妈的声音在颤抖。

"是啊。交往了,所以做爱了。我觉得这很自然啊。我们虽然都还是孩子,但是认真爱着对方的呢。"

"真琴……真的吗?"爸爸脸色苍白地看向她。

"不是!"真琴站起身,"怎么可能交往过!这家伙从小就对我——"

"有交往的'证据',对吧?"

秀树狞笑着抬起头。真琴脸色发青。

"你要是没跟我交往,为什么恬不知耻地跟我去公园呢?你有证据说咱们俩不是两相情愿吗?"

真琴呆住了。她想反驳,却发不出声音。

"我女儿都走到自杀未遂那一步了啊……"

妈妈用力挤出这句话，声音因愤怒而颤抖。

"所以说啊，她竟然对我这么着迷呢。"

田中一家言语尽失。

"我提出要分手，你女儿不乐意，整天哭闹。真没想到她竟然还割腕自杀了。"

秀树摇摇头，仿佛在说"没办法"。

"因为被我甩了，才闹出这种事。我还想她可怜，就姑且配合她一下演这出戏，但要是去警局的话，我也得认真想想了。"

秀树伸直原本跪坐着的两腿，朝真琴父母那边伸去。

"想去找警察就随你们去，只是最后丢人的还是你们的女儿。"

一时无人说话。

看着真琴的嘴唇渐渐变得惨白，爸爸厌恶地说道："总之，钱你们拿走。"

秀树母子拿着装着钱的信封回去了。

"是我的错啊。"真琴的妈妈抽泣着，"我发誓要好好养育你，可在紧要关头却没能保护你。你太可怜了，真琴，对不起、对不起啊。要是妈妈早点发觉的话……"

妈妈一次又一次地道歉，抱住了真琴。

"我们还是马上去警察局吧。"妈妈拉着真琴的手，温和地催促，"不是你的错。只要说出那家伙对你做过的事，警察肯定能搞清楚的。现场或许也留下了证据。总之，只要详细地说明——"

光想到那个地方，真琴就全身发抖。详细说明什么的更是做不到。而且，要将屈辱的经历在陌生人面前反复诉说，才能得到对方的信任……

"我不去。"

真琴甩掉了妈妈的手。

"我绝对不去警察局！"

大叫着的真琴突然失去了意识。她晕倒了。

那之后真琴一直闭门不出。

连学校也不去，每天都把自己锁在房间里。

妈妈多次劝说真琴，说带她去警察局，声音中饱含悲痛，近乎哀求。但真琴对妈妈的话连听都不愿听，她盖着棉被躺在床上，捂住了耳朵。不想见任何人。不想让人看到肮脏的自己。

某天早上，她因强烈的呕吐感而惊醒，慌忙跳下床钻进厕所，把胃里的东西都吐了出来。那一天她一点儿东西都吃不下。

真琴怀孕了。

妈妈陪着她去看妇科又是三天后了。

"现在已经到紧急避孕时间的极限了，即便吃药，可能也没效果了。"医生边说边开了处方药，但最终还是没能成功。

"我不想生。"

妊娠反应特别强烈，连躺着都感觉天花板在旋转，真琴只能趴在地板上跟妈妈说这句话。

一想到那个男人的肮脏体液会变成婴儿，摇摇晃晃地走路或咿呀说话，真琴就感觉自己快疯了。

可是妈妈却认真地盯着真琴的眼睛说："不……生下来吧。"

"啊？"

真琴怀疑自己听错了。"生下来？妈妈，您在胡说什么呢？"

"有个生命来到你体内，这是个无法想象的奇迹。现在这一刻，奇迹也伴随着你啊。而且这个孩子连紧急避孕药都躲过了，我觉得这已超越了人类的意志。

"真琴啊，怀孕、平安生下孩子，绝不是什么理所当然的容易事。我不是跟你说过吗？你啊，原本应该有三个哥哥姐姐的，可他们都没能出生。直到现在，我也没有一天不在想念那些孩子，真想看看他们的脸，想跟他们一起开心地生活。

"这孩子是注定要从你的肚子里出生，才降临于此的。或许是你的哥哥姐姐回来了呢？一直在你的肚子里拼命坚持，想出生呢。"

或许是当年的经历太痛苦，妈妈一边擦拭眼泪，一边断断续续对真琴诉说着。

"可是，生下来的话，我每天都会想起那件事和那个人。"

真琴继续哭着抵抗。

"我不会让你想起来的。"妈妈斩钉截铁地说，"妈妈会让你忘记的。我们换个环境。搬家、转学，开始新的生活。我不会让真琴有痛苦的回忆。这次我一定要保护好真琴。所以求求你,给这个宝宝未来吧。"

降临到自己身上的新生命和没能出生的哥哥姐姐——反复思索后,真琴没能下决心亲手终结这条生命,日子就这样一天天过去。孩子出生前的那段时间真琴就像个废人一般。她并不认为会因为是自己生的就爱上这个孩子,她希望孩子早点儿出生。

在肚子变明显之前,真琴搬到了没有熟人的关西,秘密生下了这个孩子。最初,她连孩子的脸都不敢看。要是孩子长得很像那个男人,她不知道自己会做出什么。

可是,初生的婴儿谁也不像,面孔皱巴巴的。小而柔软,散发出一股不可思议的酸甜气味。明明应该看不到太远的地方,却拼命朝真琴伸出手。离开真琴就会哭,真琴抱着她就能安心地睡着。就算屋里有很多人,她也能分辨出真琴的声音,将脸朝向真琴。

并没有想象中的厌恶感,可是也没有清晰的爱意。

"没事的,真琴,你什么都不用担心。"妈妈表情温和地边逗宝宝边说,"之后的事情,全都交给妈妈。哎呀,真可爱,是吧?"

是妈妈给孩子取了薰这个名字。妈妈悄悄地、有条不紊地为宝宝办了出生证和特殊领养手续等。薰入了父母的户籍,登记信息不是"养子"而是"子",之后又重新申请了母子手册,里边的家长栏写的是父母的名字。

等真琴回到东京,发现全家已经搬到了邻市,转到附近市立中学的手续也办完了。妈妈还告诉她,真琴在关西期间,秀树因为其他强奸案被起诉，貌似进了少管所。一想到不会再见到那个男人，她心里才稍微踏实了一些。妈妈还找到了一家可以除去手腕上的伤疤的医院，陪她一起去治疗。多亏了妈妈，真琴才顺利开始了作为薰的姐姐的新生活。

安下心来后也终于有心情面对薰了。抱她，喂她喝牛奶，给她洗澡，这个过程中她逐渐对薰萌生出怜爱。比起妈妈，真琴照顾薰时薰明显更高兴。第一次笑出声也是在真琴的臂弯里。会爬之后，她会带着纯洁的笑容径直爬向真琴。虽然还什么都不会说，薰却用全身的动作去表达对真琴的爱意。

被需要，被爱。真琴也更加希望自己被她需要，然后再去爱她。那是一种在这之前、对父母都没有过的情感。是一种本能，觉得她最珍贵，希望守护她。真琴也切实感觉到，认为"没有这孩子就好了"的日子在渐渐离她远去。

生活重归平静之前还发生了许多事，但薰的存在让她一点点忘掉了过去，缓慢地治愈了心灵的创伤。

真琴已经不想死了。不是她赋予了薰未来，她觉得自己才是被赋予了生命的那一方。所以，我要用自己的双手保护薰——真琴发誓。

长牙那天。

说话那天。

会爬那天。

站起来那天。

会走那天。

都成了重要的纪念日。

真琴相信幸福的日子会持续下去——直到那一天。

那天,真琴带薰去少儿剑道俱乐部看比赛,并让她在比赛场里设置的幼儿玩耍区玩,那天那里有好多小孩子。

比赛结束后真琴去接薰,发现薰在哭。问她"怎么了",她回答说腿被人咬了。可是真琴卷起裤脚却没看见齿痕。

"是那个哥哥咬的。"

薰抽泣着指向一个男孩子。他正因为用积木打其他小孩子被保育员教育。真琴在太阳超市见过这个男孩。可因为没找到薰身上的伤痕,不好跟男孩的母亲理论,两人就直接回家了。

晚上洗澡脱衣服时,真琴吓了一跳。

薰的大腿内侧有明显齿痕,都涨红了。而且不止一处。

怎么回事?

真琴用颤抖的手抚摸着齿痕。薰穿着裤子,从裤子外面咬的话咬不出这样的痕迹。也就是说,那个男孩脱下了薰的裤子,用力咬了她。真琴由于愤怒而血气上涌。

"真可怜。很疼吧。"

在浴缸里,她一次又一次冲洗薰的大腿。一想到那个男孩的牙齿咬进了薰柔软的大腿,真琴就想吐。她用香皂揉出泡沫,搓洗,冲洗,又用香皂搓洗。

"妈妈,疼。"

薰的话让真琴回过神来。不知不觉间用力过猛了。

"对不起。一会儿给你冷敷。"

出了浴缸又用消毒液仔细擦拭。可无论擦多少次,真琴都觉得薰的腿上沾着男孩的唾液。

——不行。

用脱脂棉蘸着消毒液擦，擦完扔掉再拿新的擦。即便如此，还是觉得擦不干净。

——很像，很像，那时的感觉……

心中十分痛苦。

被秀树强奸之后的感觉。无论怎么洗、怎么消毒，都洗不掉那家伙已经渗进来的唾液和体液。

从那天起，真琴又开始被当天的情景闪回所困扰。每当看到那明显的齿痕，厌恶的感触就会在身体的角落死灰复燃。

她将从小就被秀树欺负的自己与薰重合，秀树的身影则与那个男孩子重合。

某天，女儿也将遭受那样的伤害吗——

真琴不寒而栗。

一想到薰可能会与那个男孩再接触，她就百爪挠心。恐怖盘踞于心，让真琴动摇。

我绝不会让女儿有那样痛苦的经历。

那家伙，不能活着——

第二天，在恐惧的推动下，她将手伸向了那纤细的脖颈。

这下就没事了。

不会再为此担惊受怕了。明明是这么以为的——

"甜甜圈车！"

薰的欢呼声传入耳中。

"妈妈，我想吃。"

"啊……知道了。"

"我要豆粉的！还有草莓的！"

真琴失神地牵着薰的手，往甜甜圈车停下的地方走去。随便选了五个。

"谢谢妈妈。"

薰高兴地抱着装着甜甜圈的袋子。

真琴挤出笑容，温柔地抚摸薰的头。薰笑眯眯地，好像十分享受。

还以为那个男孩——由纪夫——死去后就能回归安稳的日子，可实际上并没有。

这次她又盯上了另一个男孩，在少儿剑道俱乐部的兄弟居住的小区发现的孩子。那个男孩总对妹妹和其他女孩子说粗鲁的话，还动手动脚，就跟秀树一样。而且他比薰大两岁，这点跟自己和秀树的年龄差相同。但是起决定性作用的，是他总是边笑边对哭着的女孩子说的那句话。

"你这家伙，看上去就想欺负一下呢。"

似曾相识的台词，让真琴汗毛倒竖。幼时的真琴也曾多次被秀树这么说——就是想看你哭。恐怕是因为脸庞扭曲时很有趣。

真琴告诉薰一定不要靠近那个小区。可是市内幼童可以去的地方不多，有时也会在其他公园碰见，每次她都会一下子把薰拉到身边。

把薰藏在身后，真琴看着远去的男孩，又觉得喘不过气了。自己不可能一直在薰身边这么保护她。她上小学和中学后或许会发生同样的事。薰会不会和自己有相同的命运呢？不祥的预感再次在真琴的心中燃起了火苗。

火势渐渐蔓延，就像要将真琴燃尽一般，越烧越猛。为了让心绪平静下来，她多次将由纪夫的照片和性器官取出来看，但那火却依旧收不住。

恐惧之心在无休无止地对真琴低喃——若薰有个三长两短，你能原谅自己吗？

所以聪也——

"我说，薰啊。"

"啊？"

"刚才那个男孩子，是你之前说的那个坏小朋友吗？"

"不是啊，我说的那个是小类。小渥很好啊，我很喜欢他。"

"这样啊。那下次，你告诉妈妈谁是小类好吗？"

"好呀。"

当然，她从没告诉薰自己是她母亲。可即便如此，或许是有吃母乳时的记忆，薰一岁时就极其自然地开口叫真琴"妈妈"。就算教她"不对，那个才是妈妈"，她也只是呆愣地听着。现在薰三岁了，管真琴叫妈妈，管母亲叫大妈妈。

接过甜甜圈，付完钱，两人牵着手刚要走时，耳边传来"田中君"的呼唤声。

真琴转头一看，人行道对面，站着几天前拦住她问话的男女刑警。

真琴的心提到了嗓子眼。

怎么会在这里遇见？

真琴拉着薰的手，快步离开了。装作没听见吧，早点回家。

真琴抄近路回了家。迈进公寓门后偷偷看了看身后，没有人。只是碰巧啊，她放下心，进了电梯。

推开家门，妈妈正用吸尘器打扫房间。

"回来啦。辛苦了，要你接薰。"妈妈关上吸尘器说，"啊，什么这么香啊。"

真琴急忙关上门，上了锁。薰很棒，自己脱下鞋，摆放整齐。

"哎呀，买了甜甜圈啊。"

"嗯。"

真琴一边心不在焉地回答，一边跑到客厅的阳台往下看。没有警察们的身影。她放下心回到屋里。薰开始看幼儿节目。

门铃响了。真琴慌忙跑到可视对讲机看，是刚才的刑警，正站在一层大厅。

果然，这两个人是来找自己的——

她感到愕然，眼前一片黑。

"啊，是警察吧。"

妈妈看了看屏幕说，真琴很吃惊。

"您怎么知道是警察来了？"

"刚才打过电话了。之前也来过咱们家。"

"之前也来过？"

"是啊。"

"可您不是说没来过家里……"

"我怕你担心。我不想提那起残忍的案件。"

"让他们进门吗?"

"当然了。"

没听到真琴说的"等一下",妈妈就按下了开门键。真琴急忙跑进自己的房间。

一定要尽快销毁证据。

把照片烧了,切下来的性器官也能烧吧。可气味怎么办?在浴室开着窗烧的话就没问题了吧?对了,浴室。浴室彻底清洗干净了吗——

真琴急不可耐地把钥匙插进抽屉锁。可是抽屉并没有锁。真琴已顾不上疑惑,急忙拉开了抽屉。

空的。

……怎么回事?

她敢肯定昨天还在。她怀着吃惊的心情将抽屉拉开检查。闻到了轻微的漂白剂的气味。

"真琴,你干吗呢?"

不知什么时候妈妈站到了身后。妈妈抱着薰,笑呵呵的。

"那个案子啊,据说真相大白了。"妈妈摩挲着薰的脸颊,说,"幼儿连环杀人案的凶手找到了。"

"啊?"

真琴口干舌燥。

"你知道是谁吗?原来是蓼科秀树。"

"蓼科?"

脚下一个趔趄,脊背发凉,手和脚都一下子没了血色。

为什么？这个问题在脑中飞速盘旋。为什么？是那家伙？不是自己而是那家伙？我都不知道他已经从少管所出来了。啊，到底为什么？

"真琴你还不知道，那家伙啊，搬到市里来了，深更半夜的在这附近转悠。他跑到这边，肯定是想接近你啊。要是被他天黑时碰巧碰见，就中了他的下怀了……他就是这么想的吧？真恶心。"妈妈不快地皱起眉，摇头道，"不过现在没事了。那个男人好像死了。是自杀呢。"

"自杀？"真琴颤声道。

"嗯。是为了忏悔吧。好像在他的房间里找到了男孩子的照片和尸体的一部分呢。真是自作自受。"

照片？尸体的一部分？到底是怎么回事？难道，抽屉是——

"其实啊，我之前目击到他作案了，还报警了。厉害吧。警察说想了解详细情况，所以才来咱们家的。"

妈妈用手整理薰鬓角的头发，像是完成了一件大事，语气自豪地诉说着。

一切都串起来了。

是谁实施了性侵——不，是让尸体看上去像遭受了性侵。

是谁切掉了手指，处理了尸体。

是谁带走了证据，用漂白剂擦拭干净抽屉。

这里还有另一个……

另一个为了女儿，宁愿化身为恶魔的母亲——

"这下全都解决啦。"

妈妈的脸上浮现出似乎能包容一切的柔和微笑。

夕阳从窗户照射进来。炫目的阳光中，抱着孩子的母亲散发出柔和的光芒，宛如救世神女般伫立。

"没什么可担心的了。"

为了不让真琴再想起秀树的事，妈妈总是挂着笑脸，表现得特别开朗、温柔、勇敢。

真琴似乎能看到，小心不让她发觉，一天从早到晚密切关注着真琴的言行，怕她再次自杀的妈妈的样子。

真琴半夜拎着护具袋出门，妈妈肯定担心地跟了出去。她看见真琴取出男孩的尸体时一定十分惊愕。从切下性器官这点，妈妈懂得了真琴的想法。然后为了不让人看出这是女儿所为，她拼命地做着掩护工作。

帮助我的并不是老天。

一直都是这样——

"恶人死了，这条街安全了。我相信，今后不会再有无辜的孩子牺牲了。这么可悲的案件不会再发生了——对吧？"

妈妈怜爱地抚摸真琴的脸颊——贴着创可贴的脸颊。

真琴的手覆上母亲的手。温暖的手。从被这双手碰触的地方开始，全身都逐渐放松下来。之前一直笼罩在真琴心上的黑暗与混沌，像是迎来了天明，一下子散开。生为妈妈的女儿真好——如今真琴再次生出这样的感触。

真琴注视着妈妈的眼睛，慢慢点头。

"妈妈，抱抱。"

被妈妈抱着的薰，向真琴伸出手。

"好好,过来吧。"

真琴抱住薰,双臂间沉甸甸的,是爱的重量。

两位母亲将薰围在中间,她们望着对方,就像在照镜子一样,同时浮现出慈爱的神圣微笑。

玄关的门铃响了。

彻底解放了的真琴,怀着无比神圣的心情抱着薰向门口走去,迎接她们的客人。

SEIBO
© Rikako Akiyoshi 2015
All rights reserved.
First published in Japan in 2015 by Futabasha Publishers Ltd., Tokyo.
Simplified Chinese translation rights arranged with Futabasha Publishers Ltd.
Through Beijing kareka consultation center.
著作权合同登记号：01-2019-0122

图书在版编目（CIP）数据

圣母／（日）秋吉理香子著；郑晓蕾译．——北京：新星出版社，2019.4（2024.5重印）
ISBN 978-7-5133-3525-6

Ⅰ.①圣… Ⅱ.①秋… ②郑… Ⅲ.①推理小说-日本-现代 Ⅳ.①I313.45

中国版本图书馆CIP数据核字（2019）第038297号

午夜文库
谢刚 主持

圣母

[日] 秋吉理香子 著；郑晓蕾 译

责任编辑：王　欢
特约编辑：赵笑笑
责任校对：刘　义
责任印制：李珊珊
封面设计：@broussaille私制

出版发行：新星出版社
出 版 人：马汝军
社　　址：北京市西城区车公庄大街丙3号楼　100044
网　　址：www.newstarpress.com
电　　话：010-88310888
传　　真：010-65270449
法律顾问：北京市岳成律师事务所

读者服务：010-88310811　service@newstarpress.com
邮购地址：北京市西城区车公庄大街丙3号楼　100044

印　　刷：北京天恒嘉业印刷有限公司
开　　本：910mm×1230mm　1/32
印　　张：7.375
字　　数：95千字
版　　次：2019年4月第一版　2024年5月第十八次印刷
书　　号：ISBN 978-7-5133-3525-6
定　　价：42.00元

版权专有，侵权必究；如有质量问题，请与印刷厂联系调换。